打開天窗 敢説亮話

U0036957

INSPIRATION

天窗出版

跑在黑暗找到光

傅提芬（Inti）、Nana 著

目　錄

推薦序

胡杏兒

影視藝人

我在大概九年前拍了一套電視劇叫《陪著你走》，飾演一名喜歡跑馬拉松的視障人士「宋天從」，身邊有一隻對自己不離不棄的導盲犬狗狗，和一個「傻更更」地愛上自己的男孩子。當時監製和我說，這個角色其實有一個現實生活中的藍本，她和「宋天從」很相似，是一名視障人士，身邊也有一隻狗狗作為她的導盲犬，每天帶著她很積極的上班工作，也有對自己很好的另一半，經常陪她參與很多馬拉松比賽，做她的領跑員。

這個女孩子就是 Inti，現在她還自己出書，不斷嘗試新的事物、接受新的挑戰，雖然她看不見這個世界的美好，但我覺得她已經擁有了這個世界可以給我們所有的美好。

我相信當妳不抱怨不埋怨，做好自己活好每一天，好的東西一定會圍繞着妳，就像 Inti 一樣，祝福這個樂觀積極活着的女孩子。恭喜妳，祝福妳新書大賣！

Inti 是《陪著你走》劇中女主角的現實藍本。

跑在黑暗找到光

推薦序

梁祖堯 | 舞台劇演員、導演

Inti是我認識的第一個視障朋友，我們是在奧比斯埃塞俄比亞之旅認識的。那次除了探訪之外，我們要參加一個10K馬拉松比賽。請寬恕我的愚昧。在那個時候我完全想像不到，視力有障礙的朋友怎樣可以跑馬拉松？而且參加「六大馬」！（坦白講我自己連跑10 K都非常吃力 ^_^）

後來當我知道有領跑員這件事，我自己也親身體驗過：我蒙着眼睛，牽着領跑員的繩子，原來，那一刻內心會立刻跌進一種超級巨大的恐慌當中，害怕跌倒、害怕前方突然有一級樓梯、害怕前面路面不平，然後會跌至頭破血流……沒有了視力，其他的感官無限放大。體驗過才知道，這是一個把自己生命交給對方的信任。是美麗的，是世間罕有的。

我認識了Inti和Nana，就好像你手上這本書，讀到這一刻，都是一個序幕。我也非常期待，揭開這本書，仔細閱讀她們如何克服生命裡面一個一個難關，然後化為正能量，再把能量分享給我們的故事。

Inti and Nana，衷心祝福你們！同時感謝你們用生命影響生命！

推薦序

李永康

| 眼科醫生

當 Inti 找我替她的新書寫序言的時候，不禁使我想起當年遇到她是一個醫學上的挑戰。作為 Inti 當年的主診眼科醫生，能夠撰寫這本書的序言是我極大榮幸。

Inti 的雙眼不幸患上了極稀有的少年發作型青光眼。我們第一次遇上時，她的左眼已經失明，右眼的視力也嚴重受損，雖然已接受兩次手術，但眼壓仍然高居不下。經過多番努力仍無法挽救她的視力，自此 Inti 就得開始她失明的人生。

作為眼科醫生，看著一位那麼年輕的病人無法逆轉地步入失明，是一種極大的挫敗，所以當初一想起 Inti 我總是百感交集。

從來才知道 Inti 完全沒有因為失明而放棄自己的奮鬥！我從 Inti 的第一本書裡，就充分感受到她啟動自己的內在療癒力量，創造了人生奇蹟⋯⋯她那份對前景的豁達和上進，對身邊所有人的熱情和關愛，是多麼的令人鼓舞！

從 Inti 撰寫這本書的意圖、看到 Inti 分享生活的點滴，願能啟發身邊一切，這世界因為有 Inti 您的努力而變得更加美好，但願你繼續發光發熱！

推薦序

林威強 | 香港失明人健體會
主席兼總教練

　　提芬是天父給我的功課，她是我15年前遇上的第一個視障學員，從她開始我發展了失明人跑隊，她絕對是香港失明人跑步史上的一塊重要基石。

　　提芬是個聰明、進取的女孩，亦是生命的鬥士，對希望達成的事往往有着鍥而不捨的執著，多年來她憑著這不成不休的勇氣一直拼下去，一步一步拓展出她的精彩人生。

　　讓我們透過她的筆觸，好好投進她的冒險旅程，閱後你定會深深感受到幸福並不是必然，視力健全亦真的不是必然。或者你會像我一樣，重新反思自身困境，相比起提芬的情況，我們的困難，算得上甚麼？

　　一件小事，不過爾爾。

推薦序

Katy Li

| 雅居物業管理有限公司
物業經理

　　Inti是我的首個視障人士下屬。當收到總部通知，稍後會安排一位視障人士新同事入職，我第一時間的反應是又驚訝又疑惑，驚訝公司突如其來的新任務，以現時的工作環境及崗位，我認定新同事必定無法適從。因我是首次接觸視障人士，對這位新同事有著一大堆的問號及好奇心，譬如說是否要找人一對一照料、她能否完成所分配的工作、是否有特殊需求及開支、會否經常意外受傷等等，對視障人士的工作能力抱有疑惑。結果，Inti證明了我之前對視障人士的疑惑全部都是多餘的。所以當她邀請我為其新書寫序時，我馬上答應，更想趁機會分享一下這位同事帶給我的無限驚喜。

　　Inti第一日上班，已令我像「發現新大陸一樣」驚嘆不已。我很記得第一日由我親自帶領著她在辦事處「繞場一周」，也為她介紹一下工作環境及同事。坦白說，我們辦事處的面積不小，但繞一周之後，她已經可以「自由放養」，自己顧自己了，她驚人的記性，真使我佩服得五體投地。此外，第二樣令我驚嘆的是，原來Inti懂得用電話通訊軟件與我們溝通，她是懂打字的！有了通訊軟件，再配合基本的簡單設備，她已經馬上投入和適應了客戶服務主任這個崗位。

跑在黑暗找到光

接近一年的共處，我從Inti身上認識及體會到一些視障人士的特質。由於他們在尋找工作時面臨的挑戰比一般人更大，所以他們通常擁有非常強大的決心和毅力，在工作中亦表現出更高的責任感和努力。說真的，Inti從沒有因為自己的身體缺憾而提出過特殊要求或要優待，除了同事們一起午膳時需要協助帶路及點餐等簡單事項外，其他事務，她基本上都是自己包辦；工作上十分積極，經常主動想「做多啲」，而且從未曾意外受傷過。事實上，我們聘請視障人士所需的資源並不多，無需改裝寫字樓或花費額外開支。只需在她的工作崗位配備基本的電話、耳機和設有輔助功能軟件的電腦，他們便可以與其他員工一起高效率地工作。

我推薦各位僱主也應該重視並提供平等的工作機會給予視障員工，不僅體現了企業的社會責任，也是一個有智慧的人力資源策略，為企業帶來多元性和包容性的優勢，同時推動社會的創新和成功。

推薦序

Janice RITCHIE | 退休教師

　　從事教育工作超過40年，服務過5所機構。選擇作為一位教師，除了傳授知識外，最希望做到的是「以生命影響生命」。

　　在1993年的9月遇上了提芬 (Inti)，當年她是中三學生，一位架着厚厚眼鏡片，很文靜、乖巧的學生，相比那些七咀八舌和頑皮的同學，我給她的關注真的少了一點。當她升上了高中，我再沒有教她，好像彼此都在對方的生命中消失了。

　　第二次與她再次遇上是差不多20年後的2013年7月的一個晚上，飯後正在閱讀一份介紹書展和簽名會的報章，上面刊登着一張相片，標題寫有「傅提芬」這三個大字，相中的她與我腦海中初中的她不太一樣，但又有點相似。當下與丈夫討論究竟她是否我們的學生？由於她的姓氏和名字很特別，直覺上應是同一個人，決定在書展當天，走到會場中的簽名會碰碰運氣。在偌大的展場找到她的時候，提芬正準備收拾離開，當我喊出她的名字並告知她我是誰的時候，當刻我與她擁抱着，興奮的淚水更從眼眶湧出，抹掉淚水與她拍過照，彼此交換了電話，買了兩本《我與導盲犬Nana的365日》，一本自己收藏，另一本讓她的學弟、妹在校內的閱讀時段閱讀。細閱《我與導盲犬Nana的365日》的時候，書中一個個與Nana的真實故事，面對較常人更多的困難，在艱辛中不斷開展人生新的跑道，感受到她對生命的熱愛和積極，不其然流下了淚水。

　　往後與Inti不斷透過WhatsApp聯絡，得知她參與了多次

跑在黑暗找到光

的馬拉松比賽，亦多次獲獎。兩次邀請她回到母校，為學弟、妹們舉行「生命教育」講座。講座中她與同學們分享失明後的心路歷程，鼓勵大家積極面對種種困難和挑戰。在另一個對外的分享會中，她為自己定下一生要完成100場馬拉松的願望，那是她10年前的承諾，最近與她見面，她興奮地告訴我距離達成目標又進了一步。

她這本第二本著作，內容更豐富。除了講述自己由16歲確診青光眼到26歲完全失明的過程中的心路歷程，一刻像跌入深淵中，整個世界好像離她而去，惟「山窮水盡疑無路，柳暗花明又一村」，逐漸尋找出另一條道路，提芬在復康過程中克服求學、求職，以致社會人士對視障人士的誤解，及後，她愛上了跑步，成為全港首名全失明女馬拉松跑手，足跡更遍及世界各地，失明賦予了她「二次生命」的機會，豐盛了她的人生。

提芬在2012年成為首批導盲犬使用者，她利用自身的故事鼓勵社會大眾接受及推廣本港的導盲犬服務。透過跑步和導盲犬Nana的相處令她對人生有更深層次的領會，她創辦「跑在黑暗」，透過這平台舉辦生命教育講座及黑暗體驗班，宣揚「在黑暗中找到光」的正面訊息，以及提升學童和社會的正能量。

在此衷心希望讀者們能透過本書分享提芬的經歷和個人的特質，從而認識和加深了解社會中不同的生活群，亦期望彼此在社會中傳遞「以生命影響生命」的訊息。

推薦序

Tommy Chan

跑在黑暗創辦人及主席
Runnerful 行政總裁、
一瑄家族辦公室合伙人

「Tommy，你可以做我的領跑員嗎？」當時沒有想到，Inti 簡單的一個詢問，對我的人生會有這麼大的影響。

「我……可以嗎？」當時的我只有兩次跑全馬的經驗，而 Inti 則是台北渣打馬拉松視障組別的冠軍，我擔心自己能否勝任她的領跑員也相當合理。經過一些心理掙扎後，我決定擔起重任，最後幸不辱命，在 Inti 的鼓勵下順利領跑完成渣馬。

跑步，本來就是一項很沉悶的運動。既辛苦又沒有捷徑，過程又沒有任何趣味可言，很難幻想視障跑手怎樣能堅持完成。Inti 完成的還不止一個馬拉松，是超過廿個，近的在香港，遠的飛到非洲，最後成為香港第一位視障跑手完成世界六大馬拉松，堅持夢想的背後，可想而知她付出的汗水和毅力是多麼的驚人。

感受到視障運動員這種堅毅精神的價值，我和 Inti 成為了慈善事業上的好拍檔，大家決定成立「跑在黑暗」，透過生命講座和體驗活動，將這份精神傳遞到不同的學校和機構，讓更多青少年體會到「在黑暗中找到光」，並支持更多視障運動員實踐夢想。

跑在黑暗找到光

「跑在黑暗」成立後的一年，成功帶領一位65歲視障跑手完成世界最高資格賽 波士頓馬拉松，同年亦協助兩名視障運動員成功攀上珠穆朗瑪峰大本營。看似遙不可及的夢想，只要不放棄，就有實現的可能！

面對黑暗，我相信很多人都有試過。我確信，只要不放棄，總會「找到光」。

加油，Inti！
加油，視障運動員！
加油，跑在黑暗！

65歲的視障跑手棠哥夢想成真，完成世界最高資格的波士頓馬拉松賽事！

推薦序

歐永傑

插畫家、
《愛昆蟲的男孩》繪本作家
個人作品：https://koalagallery.wordpress.com/

　　Inti是我認識的第一個視障朋友，會遇上Inti，乃結緣於我2020年出版的繪本《愛昆蟲的男孩》。

　　與Inti合作錄製《愛昆蟲的男孩》有聲書的過程十分順利愉快，之後的新書發佈會也是由她現場聲演。她很快便能透徹理解作品想表達的訊息，後來知道她也曾出過書，難怪乎了。看過她的自傳式作品，對她的認識更深，原來她不單對工作熱誠投入、態度積極樂觀，而且是一位視障跑手，更已跑遍了「六大馬」，其堅毅精神不禁令人佩服！

　　Inti從未因失明而氣餒，儼如耀眼的正能量化身。不過令我最為印象深刻的，是她的豁達。記得一次與她共膳，她一坐下便隨手端起餐牌道：「扮下點菜先。」輕輕的一句幽默自嘲，是經歷了幾許挫折，克服過多少難關，才能如此從容道出？

　　無論是否視障人士，我們都總會遇到困難，我也曾經有過不想再畫畫了的念頭，雖然只是一閃而過，但那時我真的想起了Inti，便又抖起精神了。人與人之間的互相影響，有時真是十分微妙。

　　我好高興認識了Inti，知道她要推出新書，當然為她加油，更以行動支持，送上幾幅插圖，聊表心意。希望大家看過Inti的作品，也能從她筆下的一篇篇小故事中，感受到那一點點生命力的悸動。

跑在黑暗找到光

作者序 Inti
為你送上
一份誠意、一點光明

　　十年前出了第一本書，現在這本沒有使用語音識別或AI，而是我逐個字、逐個字敲倉頡寫成，帶有誠意和溫度的，是我在十年後送給你的續集。跑出一步，就可以引發無限可能，兩條繩改變了我的人生。

　　一條領跑繩帶給我滿滿的正能量，讓我有底氣尋找第二條，去美國配對導盲犬Nana，在未發展導盲犬服務的香港，挑戰做第一代使用者。引發自問文學水平不高的我，如履薄冰的想試試寫作，分享這兩條繩交織出的故事。遇上Nana後，從寄養家庭口中得知世界「六大」馬拉松，決定追夢，用了9年時間達成夢想，跑在黑暗中的我也開闊了眼界，沿途有各式各樣的見聞和障礙，希望跟大眾分享這段找到光的歷程。

　　再迎來寫第二本書的機會，中間穿過十年光陰，Nana從少女步入熟女，從專業的導盲犬搖身一變成為pet dog，我亦由導盲犬user變為Master。沒有導盲犬的我可用白手杖獨立出行，也能全面升級照顧Nana的衣食住行。十年來，我們倆姊妹都見證著彼此的成長。

　　一粒咖啡豆種出愛情的花，Chris 24年來的守護，讓如在

迷霧中行走的我，「看得見」這份堅定的愛情。我能夢想成真掛上「六大」獎牌，是因為這位沒有獎牌的領跑員；又鼓勵我創辦「跑在黑暗」，總是默默地以行動支持我的一切一切。儘管我們的愛情沒有驚天動地，跑到白頭卻是我倆的心願。

小四時，媽媽沒暇寫信給家鄉的婆婆，訓練我寫「家書」報告近況，便潛移默化地慢慢喜歡上寫作。港人的閱讀風氣不太盛行，但我寫書是興趣、是心意，為了想分享給每位有心人。喜歡寫作，就讓我寫下去，憧憬着很快有第3本書出現與你分享。

姊妹同心，我同 Nana
一人一狗齊齊做作者。

跑在黑暗找到光

作者序 Nana

為了鮮食做作者！

有天我吃飽飽，如常找 Inti 姐姐幫我抹咀，Inti 姐姐告訴我她最近要「爬格仔」趕稿，暫時沒太多時間煮鮮食給我了，又問我：「Nana，不如你幫手寫啲好唔好呀？」本來我也需要考慮的，但 Inti 姐姐話沒時間煮鮮食，有損我個人利益！還是幫手快快寫完，我才可以有「更多好嘢食」！我立刻 kiss Inti 姐姐，表示我寫，但記得寫完獎我吃「愛心滴雞精」。

十年前 Inti 姐姐寫書，那時我只有兩歲「咩都唔識」，現在我狗生歷練多，出書記錄「威水史」也不錯。而且我 Nana 身為「香港導盲犬大師姐」，有責任向師弟、師妹們傳授工作經驗和心得，等牠們「唔使撞板」！

但我的「威水史」這麼多，寫甚麼好呢？回到我的公主床想想，不如寫我的狗生難忘事、親自剖白點解想退休，講講我退休後的美食與玩意……愈想愈多，總之日常在我專頁未能盡錄的，都可以仔細分享，幾好呀！

我就這樣開始了做作者，別以為我是美國狗就唔識中文，移民香港 11 年，我的中文都「有番咁上下」！由年少無知「偷食蠔豉」，到現在莊諧並重，和 Inti 姐姐一人一狗譜出一本書，「我咁叻女，Inti 姐姐記得煮多啲好嘢比我食！」

如果我沒盲

　　如果我沒盲，在廿多歲已想結婚產子，我的兒女可能已上中學。

　　如果我沒盲，廿多歲媽媽願意借我首期，可能已上車，今天仍是樓奴。

　　如果我沒盲，廿多歲工作至今，賺的錢夠我供樓，有些跟我同期入職的同事已升至經理級，我會不會也升職加薪？

　　可是，卻沒有如果，我現在的薪水仍然是廿多歲的水平，盲了賺錢真的少了、樓沒了、沒產子，婚倒是結了！

　　幸福嗎？幸福的，物質和金錢是沒有的，但最珍貴的親情、愛情、友情，全世界最靚最乖的Nana全都擁有。

　　更能跑天下，見天下，自覺心滿意足。

Photo by Seasons Wong

Chapter 01

「十年」可以跑多远？

我的第一本書

　　大家猜不猜到甚麼是「十年」篇？答案就是我第一本書，和現在這本「續集」相隔的年期，轉眼已超過十年！

　　十一年前寫第一本書《我與導盲犬 Nana 的 365 日》，過程絕不容易和輕鬆，有看過的讀者，相信都會知道那是對我非常特別的一年，難過地跟爸爸告別，但同時也經歷了 Nana 的誕生、跟 Chris 的結合，而最後一件大事，便是我造夢也未想過會成真的——做作者！

　　我喜歡寫作，起因可能是小四時被媽媽「指派」去寫家書，向家鄉福建的婆婆和舅父報告香港家人的近況。到了中一時，真的曾經想過寫小說，因為那時我跟同學都特別喜歡中文科。不過，自己中學未畢業已確診青光眼，手術、藥物都無法醫治，26 歲終告失明，自然無法再執筆寫字，也沒可能操作電腦，又怎敢再夢想寫作呢？

十年前夢想成真，做作者！

跑在黑暗找到光

由不敢作夢到夢想成真，當中的轉捩點，竟然是長跑！跑不單帶給我身心健康，還讓我認識了不同職業界別的領跑員，其中一位是在報館任職記者的Ivy。我們一邊跑步一邊聊天，有一次聊到夢想，Ivy極力鼓勵我去挑戰寫書，並引薦我給「火柴頭」出版社。當年我正值出發去美國進行「四人四狗導盲犬先導計劃」，配對可愛的導盲犬Nana，並在美國進行為期26天的人狗共同訓練，有感當地的所見所聞相當值得用書記載下來，因為那些經歷都是香港未發展的導盲犬服務，回港後更發生了以上開場所說的「特別」事件（告別爸爸和結婚等），最終構成了我的第一本書。

Nana 誕生！

我是如此 "寫" 書的

　　我在 26 歲剛失明時，真的以為視障人士無法用電腦，家中的電腦也差點被我丟到垃圾站（那時未有「四電一腦回收」）。幸而復康班的導師教導我重新適應生活，原來只要將發聲軟件安裝在電腦，它便會讀出螢幕的文字。但有一點大家可能不知道，我用電腦和你們最大的分別，是我完全用不到滑鼠！但一些常用的程式例如上網、Outlook、Microsoft Word 和 Excel 等，我都可以用 Hot Key（熱鍵）代替滑鼠操作。我用的是「標準鍵盤」，跟大家平常用的一樣。但你有沒有留意到，鍵盤上的「F」字和「J」字有一點點凸出來？這設計本身就是為了方便使用者不用低頭看鍵盤打字，當左右手的食指放到「F」和「J」字上，自自然然就會找到其他的鍵。

　　沒錯！我是「打字」的，用的是「倉頡」輸入法！很多人都會驚訝，我曾獲一間世界頂尖科技公司邀請，為他們做員工培訓的分享嘉賓，講解視障人士使用科技的情況，當時就有員工問我：「你為何要用倉頡逐個字打，用語音輸入方便得多！」是的，在科技的幫助底下，只需講出心中所想，便能通過程式變成文字。不過，除了我，我認識不少的視障朋友，都喜歡堅持「打字」，他們會用點字輸入法或速成輸入法。

為何要堅持「打字」？我自幼弱視，視野收窄且看東西就像隔了一層磨沙玻璃在眼前，看字也是困難重重，十幾年前更加已全失明，數數手指，真是 20 年沒見過開眼字了！一些很少用或者很多筆劃的中文字，我肯定已不懂寫，例如想寫「Nana 很純」，我會寫成「Nana 很鈍」，錯字百出！但可能是憑著一個信念，中一時我特別喜歡中文科，喜歡就要喜歡下去，將那些費煞苦心學到的中文字牢牢記住，不願被我的視力限制影響我認字，不想辜負了中文老師！所以我要常常使用文字，每天用倉頡不停拆碼，這些文字就不會被我遺忘！

　　而我相信，無論科技多先進，「人腦」仍有些東西，是「電腦」無法取代的。相信寫文章的人也會應同，文字需要思考和邏輯才能完整性的呈現出來，自己親自撰文，才能以當中的熱誠和溫度感染讀者！

Nana話：
Inti 姐姐專心敲鍵盤，任何人都唔准行近！

十年後的"續集"

　　事隔十年寫這本「續集」，在我而言是困難了，還是容易了？答案是容易了。隨著科技進步，多了很多apps可以用，有的apps助我解倉頡碼、有的助我搜集資料，使我今次寫得很暢順。加上近幾年，我的倉頡輸入法亦進步了少許，不像寫上一本書時，有些字的倉頡碼不懂，甚至連那個字本身怎樣寫也忘了！投入寫作卻被一個忘了的字卡着，往往花上幾分鐘才能解決，不但影響進度，有時甚至令人煩躁呢！

Nana話：
今次仲唔到
我做作者！

　　不過，易的部分講完了，難的還在後頭。懂得敲鍵盤就代表有機會出書麼？不是呀！有個人的獨特故事，機會是多了一點，完成六大馬拉松，Nana幫忙寫一部份，親身剖白牠由服役到退休的故事，也是相當「吸睛」，加

跑在黑暗找到光

拍住上，無得輸！

Photo by Sunny Leung

上有讀者反映第一本書沒有「愛情篇」，好啦！今次就加插愛情部分，自己心想：「哈哈！無得輸！」

但準備好故事，之後找出版社合作的一關才是山峰之巔。現今出版業大不如十年前，紙媒市道淡，出版商大多要求作者包銷一大部份書本才願意合作，自問財力與勢力有限，沒有自信大量包銷，出版的希望會否太渺茫？

達成夢想從來不易，有幾個星期我在上班途中、工作時的間隙，連1小時的午膳時間也不放過，不停搜尋和構思出版事宜，相信只要不放棄，機會就會來！經過兩個月的接洽，期間心情恍惚，過五關斬六將，到底會不會有好消息呢？終於皇天不負有心人，叩門成功，譜出第二本書來，跟「天窗」出版社合作得相當順利！

我的 "前黑暗年代"

　　這個「十年篇」主要是分享由第一本書到「續集」，期間我的經歷和變化，但有些新讀者可能不太認識我，所以先簡單說說我的失明經過吧！

　　我4歲已有400度近視，而視力的兩次轉振點，分別是16歲確診青光眼和26歲失明。那麼，15歲的我，是怎樣的一個女孩？和大家分享一件「黑歷史」吧！15歲的我正值反叛年紀，覺得家裡不甚溫暖，一天留書出走決定不回家了。跟兩位同學Maggie和Macy到過素食店果腹，後來逛到書店我就看得入神，同學們已離開店鋪我也不知道。

我自小已是「大近視妹」，
總戴著又厚又重的眼鏡。

　　當時我心急想找回她們，於是拔腿就跑，我的天呀！我竟看不見近大門前約4吋高的小梯級，轉眼就整個人俯前，面向地面，像子彈般衝出行人路，衝力之猛使我「識得痛」的時候已是下巴滴血，到現時下巴也留有疤痕！

離家出走也終告失敗，媽媽到醫院領回在急症室縫針的女兒，而這件「黑歷史」令我給弟妹和同學不停取笑！可想而知，我的童年是在吵鬧和歡樂中成長的。

到了16歲，我達1,900度近視，同年確診慢性青光眼，醫生宣告：「傅提芬你有一日會失明。」聽到這一句，一大滴眼淚從我的右眼迅速滑落，然後我衝上家中天台「隊啤」，痛哭問天：「點解要係我？」

天當然沒有回答我，我回家將壞消息告訴媽媽，媽媽安慰我：「依家科技先進會醫到嘅。」媽媽的一句話，就如定心丸般止了我的淚。不過，16歲的世界同學大過天，我只跟我的「四朵金花」好友坦白，心裡也不願意給老師和同學們知道自己有眼病，形像要緊！當時最擔心的，竟然是形象多於失明，因為覺得失明這件事還很遙遠！

自從確診青光眼，我便經常出入醫院覆診和做手術，但手術後仍無法看清黑板的字，我向班主任要求坐到第一排位置也於事無補，而那個害羞又「顧形象」的我，不敢作聲請老師或同學幫忙補課，會考落得一敗塗地！現在到我有機會到校演講，都一定會跟同學分享自身的「反面教材」，大家遇到困難要記得開口請人幫忙！

另一個「反面教材」，是我從小大近視所以不愛運動，加上手術後也不便上PE（體育堂）。如果我在中學時期多運動，對身體健康有莫大好處，假如當年「打好個底」，相信我現時也能跑快幾步，在這裡呼籲年青人要多運動呀！

黑暗換來的 "第二人生"

中學畢業後,我踏入社會工作,當時的右眼視力已是幾乎失明。每天做到「眼火爆」,放工後摸摸眼睛,就如剛煮好的水煮蛋一樣灼熱且佈滿紅根,證明負荷很重,不久更經常將「5」和「8」字搞錯,入錯單,身為電訊公司每月 Top Sales 的我唯有選擇離職!

中學時期的我因為大近視而沒自信,踏入社會工作數年已變成弱視,我仍然經常問天:「點解要係我?」有時甚至覺得,失明只是遲早的事,不如乾脆快點失明吧!反正人生已落到谷底,還可以怎樣呢?我再問天:「不如你比我早啲失明,完全睇唔到好過依家前路茫茫!」當時我曾幻想,當一天真的全失明,我就可以學習全新的「完全不需視力」的生活方式,由谷底爬出來!

但當那一天真的來臨,要面對仍然很難!26歲的我在一次坐巴士途中,想拾起跌在地上的一張筆記,司機突然煞車,我的左眼即時撞向椅背角,當場眼痛,之後更出現「飛蚊症」,這是「視網膜脫落」的病徵。做了3次手術,醫生說難度一次比一次高,因為自16歲起眼睛動過太多次手術,已經「無咩位可以開刀」,最後就這樣正式宣告失明了。

跑在黑暗找到光

雖然曾叫過天不如早些讓我失明，但當見到醫生連星期日也回來為我看症，寧願取消跟家人外遊也回醫院看我，自己亦已依照護士吩咐俯臥在床，有苦自己知，但經過醫患最大的努力，最終仍無法挽回視力，那種難受與壓力，也曾令我在病房失聲痛哭，大發脾氣，更出現班禿！

　　在家人和朋友的陪伴之下，我慢慢就平靜下來，覺得失明雖然可怕，卻比弱視的前路模糊來得踏實，我就在谷底等着反彈吧！媽媽的一番說話，一直刻在我心，成為我爭氣的動力。她說：「李醫生，我有兩隻眼，但我個女一隻眼都睇唔到，我可唔可以換一隻眼比佢？佢仲咁後生（26歲）！」當時的主診醫生，就是為本書寫推薦序的李永康醫生。

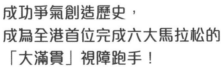

成功爭氣創造歷史，成為全港首位完成六大馬拉松的「大滿貫」視障跑手！

　　為何說要「爭氣」？因為失明初期，我切身感受到社會對視障人士不怎麼友善，很多人也抗拒白手杖，甚至連親戚也嫌棄我有青光眼而減少見面！每次遇到這些「歧視」情況，爸爸都會又氣又心痛，最令他心痛的是一次陪我去見工，職員竟說：「你連份申請表都填唔到，點做活動助理呢份工？」

我開始想，如果人人都認為「咁後生就失明好慘」、「失明咩都做唔到」，只會可憐或輕視視障人士，如果我爭氣，是否可以令他們改觀？是否可以讓父母不用擔心我，甚至讓他們自豪呢？我年紀輕輕失明，可能真的是上天安排，要我去改變社會對視障人士的看法！

現在社會對導盲犬較從前友善，但仍有不少人抗拒「白手杖」！

　　從不運動的我，開始慢慢「動起來」，獨木舟、跳舞，保齡球，從小已是膽小鬼的我，還可以上台唱歌表演！最大的改變，發生在我接觸長跑以後，它真正令我活出第二人生！十多年的跑步足跡，經過的街道、車站、餐廳，總算比以前友善，尤其在接受導盲犬方面，食肆和交通工具有着明顯的轉變，很慶幸自己亦能當中盡一分力！

跑在黑暗找到光

失明後“看”了更多書

　　大家看到題目，會否覺得很奇怪？可能你會問：「Inti，你點樣睇書呀？」其實，我反而在踏入弱視的階段，才開始養成「看書」的習慣！前文提過我16歲已達1,900度近視，真正的「大近視妹」，眼睛看到的景像就像隔著磨砂玻璃，自然不便看書。到衰退至弱視後，反而看多了小說和報紙，因為我「看書」的方法是「聽書」！香港盲人輔導會的視障人士數碼圖書館，裡面的藏書大家可能看不懂，因為都是點字書，又有些「不是書」的書，它們是錄音帶、CD、DVD，或者上網收聽的聲音檔，我們都稱為「錄音書」。

　　書，不是文字嗎？如何變成「錄音書」呢？有的是由電腦合成發聲軟件所讀出來的，另一種是真人錄音書，有一班義工是我們看書背後的天使！他們有一把悅耳的聲音，發音十分標準，部份人更有「特異功能」，可以一人分飾幾角，如小說中有成年人、老人和小孩，他們都可以像配音員一樣「扮聲」，甚至女扮男聲，聽這些錄音書，就像聽空中廣播小說一樣吸引。我會一邊聽，一邊感謝他們所付出的時間和心血，要將幾百頁紙的文字，轉化為充滿感情的聲音演繹，不知要花上多少時間，把書看多少遍？

對我來說，用「聽」的途徑去看小說或新聞，比失明前用眼「看」得快，所以我看完一本又一本。至於「看書」跟「聽書」，在了解書本的內容上有沒有差異？平時大家看書，應該會邊看邊在腦海中想像和設計劇情吧！其實我聽書也會有這一環節，只是有時我聽得太快，好像未能細細咀嚼內容，所以有時也不能貪快，要放慢節奏來聽！

　　由於小時候近視很深，小學和中學看書會眼睛不適，所以當時看過的小說並不多，其中一位喜歡的作者是岑凱倫。從前校園內最流行倪匡的小說，同學都說他的科幻小說天馬行空，充滿奇思異想，但我就未看過！自從由「看書」改為「聽書」，我便像是要彌補小時候的失落般，近年更將「衛斯理」和「原振俠」系列追看了一本又一本！每看完一本精彩小說，我常常覺得篇幅太短，令人意猶未盡，如果故事可以寫得長一點就好了！

Nana話：
Inti 姐姐睇書，
我睇風景！

跑在黑暗找到光

至於我最愛的作者是誰呢？其中一位是瓊瑤，我最喜歡瓊瑤作品的寫作結構非常緊密，用詞又極豐富，經常出現很多詩詞歌賦和「之乎者也」，書中人物的性格設計，以及故事的前呼後應都令我着迷，一看便通宵達旦。在疫情期間，我把盲人圖書館中瓊瑤的 48 本著作全部看完（疫情前已看了三分一吧）！「還珠格格」這類長篇小說，我花了兩星期時間看完三冊。

　　有一位我近年很喜歡的作者，就是跟我同年同月同日生的九把刀！他的作品類型多元化，驚悚懸疑和青春愛情題材都有，我最初接觸到他的作品是最為人知的《那些年我們一起追過的女孩》這部電影。

　　記得當年是 2011 年底，盲人的口述影像電影仍未發展，我對畫面的想像只能靠陪同者在旁解說，但要壓低聲量，而且不能講得太多，以免被其他觀眾「殊」（表示不滿），所以看完電影後，仍有些劇情不太明白（那個年代看電影真的有障礙）。於是我便去找他的書看，可能大家生於同一年代，作品中很多內容我都有共鳴，幽默又峰迴路轉的劇情我也十分欣賞。可惜目前在盲人圖書館可供收聽的九把刀作品只有 6 本，唯有先看其他小說「止渴」，例如《瑪嘉烈與大衛》系列的作者南方舞廳也不錯！有時一些作品心急想看，盲人圖書館又未有收錄，也會自行上網購買電子書以讀屏軟件「聽書」，算是「早買早享受」吧！

成功挑戰
中醫營養學

　　十年前，我在第一本書分享過自己考「保險中介人」牌的經歷，當年也覺得好難讀、充滿挑戰性；十年後，我才知道何謂「倒懸之苦」，這次我要分享的是考「中醫營養學」！

　　自從一次獸醫開了一張「Nana 的營養餐單」開始（詳情見「Nana篇」），啓發了我對中醫食療的興趣，我特別想照顧好Nana的飲食餐單，令我們一家都能享受美食之餘更吃得健康，於是就託朋友幫我看看有沒有適合我讀的食療課程。朋友果然不負期望，告訴我中大專業進修學院開辦了兼讀一年半的「中醫營養學」課程，於是我便去報名試讀。

　　入讀後，我發現了需要營養的不只是Nana！講師說：「香港人有得食，但食得唔好。」很多香港人趕著上班，就忽略了一天中最重要的早餐，到中午才吃第一餐。而一餐中要包括蛋白質、纖維和碳水化合物才最理想，可惜我們通常外出午膳，吃到的午餐都缺乏纖維，那條菜彷彿是伴碟。我決心把課程唸好，希望將我學到的中醫營養知識分享給大家，讓大家也食得健康！（詳情見「愛情篇」）

　　但在報名後也有一點沙石，由於中大專業進修學院未有視障學生報讀過，因此教學上有很多細節要商討，例如

Nana話：
呢份就係傳說中嘅
美味營養餐，
食得未呀！

如何使我更容易接收講義？考試要為我這「SEN」（Special Educational Needs，即有特殊學習需要）學生加時，但到底加一倍還是多少時間好呢？也需呈上文件證明我的視力狀況給中大委員會審批。不過，報名過程只是開端而已，上課時遇到的才是真正的難題！

須知道該「中醫營養學」課程原本是為健視學生而設，單是一份普通不過的「PDF」教材，到了我手上都變成兩大困難！我要如何去「看」到PDF裡的圖像和文字呢？

本來理解講義的文字問題不大，因為只需用電腦應用程式將PDF轉化為文字檔，讀屏軟件就能輕易讀出內容，我就能像平時「聽小說」般「聽講義」了。不過，電腦也不是萬能，經常會出現錯字（一般也有5至10%的錯字），尤其有些中醫名詞的筆劃非常多，字形寫法又複雜！

既然電腦也會認錯字，何況我這個二十年沒有「看」過字的人腦？有許多字我也已經忘記它的寫法，而有些字真的好難寫，認字的過程相當困難！例如「癱瘓」的「癱」字，大家不妨閉起雙眼，請朋友向你描述一下筆劃，試試能否正確寫出該字？

所謂解決方法總比困難多，這句話是真的！同學有時會在手掌心教我寫及提供倉頡碼給我，幫助我去記難字。至於PDF上的圖像，老師會專誠為我口述影像，有時有些圖像上課沒有描述過，同學也會好細心地在下課後錄音給我補充。至於剛才提到電腦轉化的文字總有錯字，就靠盲人圖書館的義工為我作校對。回顧自己曾於第一本書寫道：「只要你想做一件事，全世界都會幫你！」但當然，無論別人怎樣幫你，最終讀書的過程都要靠自己，人人也要付出努力才有好成績。由於受視力限制，中大特別批準我上課錄音，我一般會在清早5時起床溫習錄音和講義，之後才去上班工作。

　　到了考試，我這個「特殊考生」的考試情況也跟其他人不同。感謝中大的教職員配合，安排我用電腦輸入答案，並獨個兒在會議室考試，有一位專人為我監考！其他同學呢？就像小時候我們在學校考試一樣，用紙本答案紙，一班人在課室由老師監考！

　　最後，我的成績單怎樣呢？課程有5個單元，第1單元的「中醫基礎學」是最難的理論課，很講求理解，我得到C+；第5單元的「中西營養學之配合」最容易，我得到B+！挑戰中醫營養學這個困難課程，過程中得到很多人的幫助，最終「闖關」成功，算是沒有辜負大家！這亦是我多謝大家的方法。

　　由十年前的「保險中介人」到十年後的「中醫營養學」，我深深感到人最寶貴的是「有選擇權」，感激我生活在香港，視障人士仍能選擇自己喜愛的課程去進修。

跑在黑暗找到光

職場現形記

　　我在就讀中醫營養學課程時，得到很多老師、同學和義工的幫助，但現實不是只得美好，在日常生活中也會遇到對視障人士不那麼友好的人和事，尤其是職場就更現實。大家應該都聽過「傷健共融」，那麼在現實中，視障人士求職容易嗎？極度困難！相比之下，找 part-time 會比找全職工作容易，低視能（弱視）又會比全失明的視障人士易找工作。

　　如果求職時，我在應徵信和履歷上寫上「視障」，獲得面試的機會可能是零，甚至曾試過得到面試機會，面試時卻遭受語言暴力！即使被聘請，也有兩份全職工作給予較差的薪酬，這些也是社會的真實面目。

　　但我希望弱勢的視障人士或有身體其他情況的人，不要輕易放棄自己的前途，不要認為自己比別人差，只要再接再厲，定會找到賞識你的僱主。我認識很多視障朋友，他們從事不同的全職工作，有

些工種你未必會想像到，例如全失明也可以做 IT、律師、心理
輔導員等，當然你要先好好裝備自己，軟硬實力也非常重要！

　　而我呢？我也是比較幸運的視障人士，第一本書提及我因
為長跑而改變了生命，本來意志消沉，參加了2009年的渣打
馬拉松10公里賽，完賽後隊友間的一句：「跑馬拉松咁辛苦，
我哋都可以完成，以後仲有咩難到我哋？」我重拾自信，積極
求職，開始做第一份長工，做了5年電話銷售工作，後來市道
改變，我轉到一間大型的金融公司工作，一做又是5年。

　　由於當時我的長跑和工作年資一樣，10年光陰霎眼間過
去，身體開始出現小傷和繃緊，閒時就喜歡去按摩院紓緩一
下……

跑在黑暗找到光

視障按摩師的鍊成

　　每次拖著疲勞的身體到按摩院，師傅的指頭按下穴位再轉動幾下，不妥的部位會覺得麻麻痠痠，卻又即時感到舒緩了不適。師傅說這叫「不通則痛」，人體與穴位實在令我感到相當奧妙！

　　後來得知每兩三年開班一次的盲人按摩班招生，我就馬上報名，面試合格後離開舒適區，辭去工作，花了7個月時間全職修讀中醫按摩。這是一個很專業的課程，包括「中醫基礎」、「解剖學」、「經絡（穴位）」、「按摩手法」、「外傷按摩手法」及「足底反射按摩」7個單元，之後還要實習3個月（每天朝9晚5）。

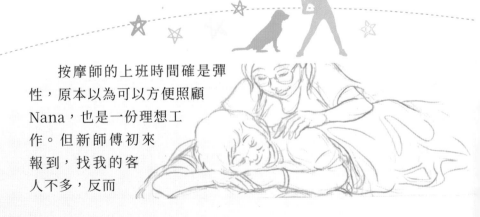

　　按摩師的上班時間確是彈性，原本以為可以方便照顧Nana，也是一份理想工作。但新師傅初來報到，找我的客人不多，反而

Nana話： 按摩好舒服呀……

每天花在交通和在按摩院候命的時間頗長。加上入行不久便開始了新冠疫情，按摩院是領取娛樂場所牌照的，疫情期間經常因為社交限制措施而停業，我就趁着空閒時間繼續鑽研中醫知識。畢竟修畢的中醫按摩課程雖然專業，但我亦明白中醫博大精深，自己學到的「人是一個整體」，甚麼叫「天地人」，以至「陰陽」等只能算是中醫的基礎知識！我對中醫越來越感興趣，想對體質飲食有更深入認知，又想了解一下何謂「醫食同源」，後來亦報讀了之前提到的「中醫營養學」課程。

我在進修的同時，也發現還是文職工作適合自己多一點，於是重新找工作，回到了客戶服務行業。

跑在黑暗找到光

客戶服務主任 不怕投訴

　　客戶服務工作是做甚麼的？我任職物業管理公司，負責接聽熱線電話，解答住戶查詢，而這些查詢九成以上都是投訴。有時我覺得「客戶服務」的真正工作，就是聽客戶投訴，很多人因為不善表達，以為鬧人才會令對方嚴肅跟進他的事宜，一點小事都要罵得狗血淋頭。但將心比心，如果你希望客服貼心幫你處理問題，更加應該以禮相待，講多幾句「唔該晒」、「麻煩你啦」，你聽到也會覺舒服和被尊重吧，自然會盡力幫忙。另外又有些人打電話來只是想找個對像說說話，我聽得多了，就了解到他們真的好寂寞，家中找個人對話也沒有，其實十分可憐。

　　我負責日班工作，平時黃昏六點下班，是很多家庭煮晚飯的時間。有一次臨放工前半小時，其中一座住宅大廈突然停食水，我面前的電話即時此起彼落響個不停。我如「錄音機」般不停解釋：「因為突發事故停食水，技工已經了解緊，請耐心等候……」有些較好的住戶，知道不是自家水喉有問題便很「順攤」掛線；沒那麼「順攤」的，就會破口大罵：「你哋點做嘢㗎？食飯時間無水，快啲整好佢啦！正一垃圾……」總之，罵個不停直至他／她發洩完為止。

　　我不禁向坐我附近的同事棠哥訴苦：「電話好似籌款熱線都未停過，住戶不停地打來投訴！」棠哥回應：「你都算好好

我們一家的日常，
經常笑料百出！

嘢！啲客係咁鬧，我都未見過你受啲客影響而發脾氣，唔好睇我平時唔出聲，我有觀察你㗎，EQ高，EQ高！」他重覆讚賞，我歸功是前公司教導有方，舊同事教我面對無理客戶時，就告訴自己「人工包埋」、「佢鬧公司唔係鬧我」，這樣就不覺得投訴是一回事。我告訴棠哥：「其實都好激氣，但可能我做咗CS十幾年，都慣咗啦！」這時經理Katy剛好經過：「棠哥話你EQ高就係㗎啦。」

越來越接近放工時間，但客戶的投訴電話還未見放緩，恐怕負責夜班的同事會應接不暇，決定幫忙聽多幾個電話才下班。平時我和Chris各自下班後，會先中途會合再一起回家，於是我在電腦草草打了個WhatsApp短訊，告訴Chris我會遲10分鐘下班，便繼續接聽投訴電話。

下班後，我看看WhatsApp，竟然發現Chris正七上八下，忐忑着是否要開車來接我放工？我沒好氣地說：「遲10分鐘有咩好接啊！」他回應：「你自己睇下你打咗咩？」剛才太繁忙，沒有檢查錯字便發送了短訊，結果我一看，OMG，我打了：「我會遲110分鐘走！」

跑在黑暗找到光

停電下的 "MVP" 員工

　　有些人會有偏見，覺得視障人士的工作能力一定較弱，很多工作都無法自行處理，但其實只是視乎工種，視障人士的應變能力一樣可以很高，能應付突發情況！試想想，如果有一天公司朝9晚6大停電，你會否手忙腳亂，甚至因無法工作而提早下班？

　　法例要求樓宇的公用電力裝置最少每5年進行一次檢查，檢查那天，我工作的物管辦公室連同服務的住宅大廈全面停水、停電（包括升降機和公用電力），我負責聽電話，當然亦因為停電而受影響！但大停電底下，肯定會有很多住戶查詢，怎麼辦呢？我們平日電話有8條線，由3名客戶服務員接聽；當天我們發揮團隊精神，將所有電話遙控「飛線」到一部公司手機，即是由8線變1線，我負責接聽手機查詢，另外兩位同事則處理住戶親身來到辦事處的面對面查詢。

　　但接聽電話的同時，有些資料需要用電腦記錄，怎麼辦呢？我動用自己的手機，再接駁藍牙鍵盤打字，便能將所有客戶查詢用手機當作電腦般記錄（同時操作兩部手機）。遇上

需要物業主任跟進的查詢，我就用WhatsApp傳送給相關同事處理，效果跟日常工作差不多！聽到有些同事因為「烏燈黑火」而不知所措，四處尋找照明工具，習慣黑暗的我卻已忙於工作，而且樂在其中！我覺得自己在大停電中，仍然可以出一分力，為公司、為住戶服務，可以自豪地說句：「你睇我幾有用！」

說到「習慣黑暗」就順帶一提，其實較多視障或失明人士，都至少能看見一點點光影，「全黑」的比例反而較少，但我偏偏是連一點光也看不見，視力最差那種！但即使如此，我仍然可以緊守工作崗位，幫助有需要的人！

跑在黑暗找到光

科技成為我 "雙眼"

　　剛才提到Voice Over，其實現在的主流Apple和Android手機都內置了「無障礙功能」，只要開啓屏幕閱讀器Voice Over或Talk Back，我就不用「看」也能操作手機！

　　雖然我堅持打倉頡而不用語音輸入，但我絕對同意科技大大改善了視障人士的生活，讓我們更容易認知世界，不用依賴別人，很多日常事也能獨立自主！有了科技的幫助，有時別人還不知道原來我「看不見」呢！

　　舉個例子，WhatsApp、Facebook、YouTube這些都是大家常用的手機應用程式吧！如果初次接觸我的人想WhatsApp我，可能會疑惑自己應該打字還是錄音？是否不應該發Emoji給我？都會有個印象，覺得視障人士在使用手機上有很多不便或限制。但實情是我經常也會在WhatsApp短訊加入Emoji，也會自己發貼文在Facebook「打咭」，還會加上各種Tag來「呃Like」！

那麼「神」？是呀！更「神」的還有AI，它應用於無障礙功能上真的是有如我們的眼睛，例如一個程式「Be My Eyes」，只要舉起手機對準面前景物，「咔嚓」一聲，等十多秒就會有相片的詳細描述。這程式能廣泛應用於拍攝日常風景、物品、文字等，試過手術後要吃3至4種藥物，吃藥前我就會用程式讀出包裝上的文字，確認藥物應每天進食幾次，每次幾粒重要資料。

　　「OCR」（光學字元辨識）也是不可多得的技術，這類程式可用於掃瞄影像中的文字，例如幫我將「中醫營養學」的講義PDF轉換成文字檔，我便能用Jaws 或NVDA等讀屏軟件，在電腦讀出文字內容了，在工作層面亦很有幫助。科技很「神」，但話雖如此，也需要自己願意去學，願意去用，失明後要更勤力！一句心底話：早起的鳥兒有蟲吃，勤力的盲人看到的世界更廣！

　　分享一件工作趣事！話說一天我的辦公桌上有一張不屬於我的A4紙，我便拿出手機，用一個叫「悅聲易」的App拍下照片，手機程式很快以OCR技術分析文字，讀出紙張上內容，我即時笑了出來！那張紙是我同事的糧單！我提醒他記得收好，不要再亂放糧單了！

叮叮回到彩虹橋了

　　這十年期間，進修和轉工遇到的困難，我都能積極面對，但唯有一件事，我怎樣也習慣不了，就是離別！十年前我經歷了爸爸的離開，十年後離開的是叮叮，生老病死本是平常，但每次面對，都好難、好痛！

　　叮叮是北京狗女，在2017年年屆16，年紀大終敵不過腎病。在腎病後期，醫生告訴我們叮叮剩下日子以日計，由於叮叮自幼跟我們全家一起成長，我便將牠帶回我媽媽的家，希望在最後的日子讓牠見到所有家人。

　　我已事先約齊所有家人，怎料回家後，我弟弟卻不在家，他是和叮叮最friend的！當天不齊人，幸好叮叮很堅強，再等多一個週末，終於等齊人了，但再過了兩天，本來就不太能吃東西的牠，當天已經完全吃不下，Chris囑咐我：「今晚放工早點回來」，大家心中有數！

　　當晚我們的眼淚不停流，抱着叮叮萬般不捨，哭著問：「點解叮叮一生咁短，我

可愛的叮叮就像一團白色毛球。

唔捨得佢，唔捨得佢！」當時瘦骨嶙峋的叮叮已沒力氣回應，只餘下微弱的呼吸。Chris由放工至凌晨一點，也忙於照顧叮叮，終敵不過睡魔。「叮叮好似完全企唔到！」熟睡的Chris被我的大叫驚醒，我們檢查牠的呼吸，連那微弱的氣息也沒了，彼此也決堤般的痛哭。

Chris怪責自己睡着，不能伴叮叮到最後一刻，我安慰說：「叮叮患病的這16個月期間，你已經盡心盡力照顧，甚至餵叮叮食嘢到三更半夜，叮叮唔會怪你瞓咗！」不過，動物真的好有靈性，叮叮在彌留之際，曾將牠小小的頭用力擱在我腳掌，因為我是牠「第一號主人」，牠選擇用最後一口氣，依偎在主人身邊告別。事隔多年，那兩天哭得半邊頭痛像要裂開的感受仍歷歷在目，故事說到這裡，也要放下鍵盤衝出房外拿紙巾拭淚！

多謝叮叮，在我在人生最底谷的時期陪伴着我，給予安慰，讓我感覺到我不是孤單一個人過活！而且在我弱視期間，我分辨顏色已經好弱，分不到白色的叮叮和白色的地板，但叮叮見到我走近，懂得自己走開來避我。叮叮的離開，是Chris和我第一次失去愛犬，我們只希望Nana老年健康沒病痛！往後也不會再養第二隻導盲犬，因為太愛，承受不起那種別離的痛！

「一家四口」的幸福時光，永遠是我們心底的美好回憶。

跑在黑暗找到光

"跑在黑暗"不孤單

　　寵物以至家人、朋友的離開，工作或者生意上的不如意，每個人都會經歷低谷，大家會如何面對呢？我的其中一個減壓方法就是跑步。

　　2016年1月，我和同事一起吃午飯，大家雖然不同部門，卻同樣愛運動和熱心社會，好像有一種共同語言，所以經常飯聚聊天。席間我提起一則關於學生輕生的新聞，開了學短短4個月，已經有20宗中、小學生輕生，我感到相當惋惜。當時的同事Tommy也有同感，接着我問大家：「現今的學生欠缺抗壓能力，我們都是愛跑步的人，有沒有可能做些甚麼，例如到學校帶些正能量給他們呢？」

　　Tommy馬上附和：「到學校分享這主意不錯！而且Inti你可以以視障跑手的身份分享如何克服困難，更能打動學生！」我向來和 Nana 也有做導盲犬服務的分享，由我去演講應該不錯，我又提議Tommy適合做行政工作，二人互相補位。談着談着，大家都有一些鬼主意出來了，在分享中加入一些體驗，會否更理想？

　　學生可以蒙眼體驗一下視障運動員的感受，比起空談如何克服困難，相信更具說服力！我跟Tommy都又愛跑又有愛心，大家一拍即合，便決定成立一個機構。我希望在向學生分

Tommy 和我一拍即合，
「跑在黑暗」順利誕生！

享的同時，也能幫到視障人士，因為我想起自身的經驗，雖然收入不多，但我始終有份全職工作，算是幸運了！去海外跑馬拉松是奢侈的。視障人士的就業率低，可能有些同路人也跟我有相同夢想，卻因經濟問題而未能圓夢，那不如就將機構的活動收入，用於支持有志去海外跑馬拉松的視障運動員吧！

　　但機構成立，也得有個名吧！下一步是改個靚名。改名真不容易呢，想了一星期多，否決了數之不盡的名稱，直到同事Louis忽然提出「跑在黑暗」，我和Tommy聽了都即時齊聲說好！為何大家都同意？每個人都試過跑步，但相信沒有像視障人士般，試過「跑在黑暗」！處身黑暗的跑道，未知的前路，你是否有勇氣向前跑？我們希望藉一次黑暗之旅，讓大家有一個嶄新的體驗：原來視障人士處於黑暗是這樣的感覺，他們都可以勇敢面對困難，你也可以！希望藉此開啓大家的同理心、以正確方法幫人，傳遞正面能量，正如我們的口號「在黑暗中找到光」！

跑在黑暗找到光

150場 "生命" 分享

　　2019年8月，我和Tommy創立的「跑在黑暗」取得俗稱的「88牌」，正式獲批成為非政府組織（Non-Government Organization NGO），其中一位「榮譽幹事」當然是Nana啦！大家都有全職工作，但都會把握工餘時間，聯同Nana到大中小學進行生命教育講座，至今已完成了超過150場分享。

　　十年多進行150場分享，即是平均每個月分享最少一場，需要做好時間管理才能達到。當中學校的講座佔大部分，最少有100場，所以都是在平日舉行，但平日大家都要工作，只好扣自己的年假。其餘商業或各種機構的分享，時間上就較彈性，可以在週末或放工時進行，但也要犧牲自己的休息時間去預備講稿。犧牲假期以及休息時間去分享，值得嗎？當然值得！

　　我在這些生命教育講座分享些甚麼呢？我會講述我自身的故事，希望分享正能量和逆境自強的信息，還有推廣導盲犬服務及教導帶盲人的正確「領路法」，亦加入蒙眼環節，以口述影像方式欣賞舞台劇「人生白手杖」的精

我準備好去學校分享喇！
行得未呀？

Nana話：

堅持信念，堅強面對，用生命影響生命！

華片段✧讓學生體驗短暫的「當盲人」感覺。一小時的分享時間相當緊迫，節目卻又非常豐富，每次老師都會給予很好的評價，認為學生比平常聽講座時更投入，也試過「翻單」，一位社工轉了學校工作，也再次邀請我們到新學校分享。

我積極做這些學校講座，好希望向學生分享我的「生命」，以生命影響生命！有一次我又返回母校（樂善堂梁銶鋸書院）「返單」，講座的對像是中四、五的學弟學妹，我覺得他們就好像學生時期的我。我告訴學弟學妹：「我16歲就1,900度近視，黑板睇唔清，兩年內做過好多手術、食藥、激光都無辦法挽回視力，26歲失明，完全睇唔到。好多人會覺得，Inti你咁年輕就失明，好慘！但我反而覺得，年輕失明，其實我都有優勢！年輕做乜都容易上手，我仍然精力充沛，可以發夢、創造歷史，希望改變大眾對視障人士印象，原來視障人士都好叻、好有能力！」

眼前黑暗，但我心中光明，這份信念讓我走到現在，未來我仍然會盡力分享，讓學生明白「解決方法總比困難多」，不要輕易放棄生命！

跑在黑暗找到光

每次分享 都有驚喜

　　做了150場分享，會不會覺得悶，或者「講到無嘢好講」？答案是不會！就如每個生命都是獨一無二的，每次的分享，面對不同的學生或公眾，我都會有新的體會，經常會有所反思及得著。有些分享是特別深刻的，譬如我跟Nana的第一次的分享，竟然在紅館！而面對最多人的一次，是在一間天水圍的中學，共600人；又試過擔任中學和小學的陸運會主禮嘉賓；更獲邀到海外任世界頂尖科技公司的員工培訓日，分享盲人的使用科技情況。

　　我與Nana可算是身經百戰，我們分享得最多，也最喜歡的是學校生命教育講座！因為學生時代是易受人影響，價值觀漸漸成形的階段，我們好希望透過到學校分享自己的故事，在學生心中種入一顆正能量種子，期望有天開花結果！

　　但其實每次分享，學生們也同樣會帶給我力量！我站在台上發問，他們在台下熱烈回應，他們的投入令我很開心，覺得付出的時間和努力都值得！也有些時候，同學會問我一些「很難」的問題，令我一時語塞。例如一位小五生問：「請問你睇唔到之後，有無覺得帶比身邊人多咗麻煩？」嘩！「好大人」的一條問題！平日真的要在口袋裡想多幾個答案，預備同學的各種挑戰啊！

還有一次的場面頗為尷尬，事緣每次分享，我們都會以即場舉手自願參與的方式，邀請10位同學上台參加體驗遊戲。那次當同學們都上了台，其中一位男同學突然對我說：「我想睇下你隻眼。」

　　分享時我戴著半透明的啡色太陽眼鏡，但迅雷不及掩耳，男同學已有所動作，我的眼鏡一下子被掀開，我知道台下很多學生在看，心裡冒起被冒犯的感覺，卻又不能失態，不能成為他們的反面教材發脾氣！

　　當活動結束時，其實我不開心的情緒已消失了。老師亦鄭重地代男同學向我道歉，原來他是一位有特殊學習需要的學生（SEN）。但無論他是否SEN學生也好，我在冷靜過後，已經明白到該男同學不是有意冒犯，只是出於對視障人士的好奇，而他想了解視障人士也非壞事，我也向老師表示不要怪責他，我沒事了！

我喜歡戴「啡超」，
可以襯出好多唔同造型！

跑在黑暗找到光

當我重返 "那些年"

　　雖說每次分享都是不同的體驗，但有一間學校，我每次踏進校園都有滿滿的親切感，那就是我的中學母校。之前提到我第二次回母校「翻單」，為師弟師妹做生命教育分享，我是怎樣的心情呢？當年那個可以自由行走，當美術學會副會長的傅同學已不見了，但我沒受視力限制，穿梭於禮堂、操場，美術室和課室等的情境仍歷歷在目，全都印在腦海中。我會覺得唏噓嗎？不會！因為我已經不是孤單一人了！

　　講座前，校長鍾耀基先生知道我是校友，特來跟我打招呼，我笑著跟他介紹自己：「我今天好似扶

無論經過多少年，每次踏入母校，
我都感到溫暖和親切！

老攜幼回鄉探親一樣！我帶同先生Chris、導盲犬Nana，以及Tommy跟我一起創立的NGO『跑在黑暗』回來分享！」鍾校長客氣地多謝我，再談下去我才知道他是教英文的。他說：「當年是我第一年教書，當時你中四，我就教你啦，所以你哋果屆我特別深印像！」我高呼：「原來你係鍾Sir！」活動完結後，我在學時的老師全都抽空在禮堂跟我相聚，雖然只剩下幾位，始終事隔20多年，很多都已退休了，但我相當開心，所有「那些年」的回憶全部回來了！

我在這裡成長，雖然自問絕不是突出的學生，讀書、運動、音樂「張張刀」也不利，但只有美術科，自小一開始到中學也有圖畫被貼堂，做的小手工會在開放日被展覽，中三那年也得到美術科老師賞識，找我帶領活動，記得一次黃月思老師教懂我做蠟燭，然後由我去開班分享給其他美術組學員（當年我是中三生，「越級」教中六生），自從中四確診青光眼，其後更全失明，沒法子發展視覺藝術，這一點在我心中是有點遺憾！

鍾校長即席使用我在講座分享給大家的「盲人領路法」送我到停車場，帶我上車，沿途我俏俏問他：「鍾Sir，你當年教我們，有無想過會做校長？」他的反應很好笑：「當然沒有！第一次教書，沒被校長『炒魷魚』已經好開心！」大家都「咔咔笑」，之後他繼續說：「你現在也發展得很好。」沒錯，鍾Sir當年也沒想過自己能當鍾校長，而我們這一班同學上他的英文堂是好吵的，沒人專心聽書，但鍾sir卻又出盡力去教。在他身上，我再看到一個「自己的能力遠超自己想像」的例子！大家真的不要看輕自己，可以多啲同自己講：「我係得嘅！」

一本書引發的無限可能

　　只要不放棄，人生真的有無限可能！十年前出版了第一本書，當時只為一圓自己的作者夢，誰會想到有一天，竟然有名人拿著我的著作，提議想將內容改編上銀幕？2014年我受到無線電視劇團隊的邀請，表示希望以我的故事作藍本，編寫一個失明女生與導盲犬的故事。可以讓電視觀眾更了解視障運動員，又可以推廣導盲犬，我當然支持啦！就這樣，我就由「作者」搖身一變，當上了《陪著你走》的電視劇顧問。

　　電視劇的女主角是胡杏兒，沒想到她會親自聯絡我並邀約晚餐，真的是一位沒有架子的大明星！見面時我覺得她的聲音很甜美，談話時亦感受到她的真誠，她很認真地問了

杏兒姐姐
又好人又靚女！

Nana話：

我很多失明人士的日常生活細節，為了演好「宋天從」這個角色而「做足功課」。

電視劇的主角除了胡杏兒，還有男主角陳豪，當然也少不了導盲犬。在電視劇開拍後，我身為顧問當然沒有閒著，曾多次到片場和外景探訪，發現了原來劇中的黃色拉布拉多導盲犬「杜先生」竟然有「兩隻」！一隻是負責「武戲」的「正牌導盲犬」，另一隻是負責「文戲」的替身，劇組對狗狗真友善，不用牠們「OT」捱更抵夜。

除了幕後工作，我和 Chris 亦參與了幕前演出！我們飾演宋天從的朋友，我有 5 句台詞呀！電視上的演員都風光亮麗，背後其實很辛苦的，我和 Chris 這兩位「演員」換過戲服，便在攝氏33

我和 Chris 演有 5 句對白的「茄喱啡」，
和杏兒一同「跑」好這場戲！

跑在黑暗找到光

度高溫下等「埋位」，也經歷了「茄喱啡攞飯盒」，而這 5 句台詞的鏡頭，拍攝時間足足花了 6 個多小時，已經算是很順利的了！

《陪著你走》在 2015 年已經播完，但我和女主角胡杏兒的友情卻延續至今，真的成為了互相「陪著你走」的朋友！她不止親切友善，還相當念情，她的婚禮也有邀請我，後來當我的故事搬上舞台（舞台劇《人生白手杖》上演），杏兒雖不在港，也不忘送上巨型花牌祝賀呢！

十年前的《我與導盲犬 Nana 的 365 日》變成了《陪著你走》與《人生白手杖》，以不同的形式和媒介鼓勵受眾，實現以生命影響生命。除此之外，也令我再次突破自己，將我認定的「不可能」變成「可能」。小時候我曾對未來充滿幻想，想像畢業後做作者、做空姐，但臉上一個個圈的近視眼鏡總會將我慚愧地拉回現實。視力不佳就別談寫作了，外型不討好又怎樣做空姐？壓根不可能吧！中學年代秀氣的「四朵金花」都各有粉絲，唯獨我是例外！

結果「作者夢」成真了；雖然沒有成為空姐，但我卻飛往天下；自問對外型沒自信，卻有兩個國際知名品牌找我拍廣告，當了兩回「模特兒」！第一次是在 2013 年，Nike 找我當代言人，因為該品牌看過我的書後，認為我很適合傳達「跑了就懂」這個訊息。然後我與 Chris 就在中環街頭跑來跑去，路人都好奇駐足看看我們在拍攝甚麼？廣告順利在網絡和電視播出，還出現了劉翔這「彩蛋」。

更驚喜的發生在 2019 年，一天我接到疑似「詐騙電話」，話筒另一頭的女士居然問我有沒有興趣為 Pandora 拍廣告！世界著名的首飾品牌，怎可能找上我呢？但原來世上沒有「不可能」，Pandora 真的找上我，認為我能表現出女性自主的一面。於是我就飛到上海「公幹」，7 月炎夏裡穿起長袖風褸，在鏡頭下由 Chris 領跑，穿梭於上海的不同景點。我一邊跑，心中笑著想：也許不經不覺，我也成為了女性的典範！

　　起初也奇怪為何自己會遇到這些「好事」，是因為我幸運嗎？但當我跑著跑著就明白了，人生隨時有驚喜和希望，但「機會總是留給有準備的人」，所以我要將自己擁有的發揮到最好。十年後的這本《跑在黑暗找到光》，不知又會為我帶來甚麼新契機呢？期待生命中的無盡驚喜！

跑在黑暗找到光

疫情下的盲人危機

這十年期間，還發生了甚麼大事？我相信有一件事，對於我、全香港，甚至全世界而言都是大事，就是新冠疫情！一場疫情，令所有人的生活都大受影響，不過有一點，你們可能沒有想過，原來升降機上貼的「膠膜」，對我而言是一大危機！

> 好彩我唔使戴口罩！唔係焗死我！
>
> Nana話：

視障人士要以觸感去探測世界，你可能都留意到升降機的按鈕上有一點點的凸字，那就是給視障人士用手去「看」的文字。但那一層膠膜，彷彿將我們想去的樓層也隔絕了，我亦不時去錯樓層，有家歸不得！

但當然啦！仍是那句我經常掛在口邊的，解決方法總比困難多，我的方法就是請人幫忙，例如在樓下可以請看更代按電梯，或者升降機內剛好有其他乘客，便請他們代勞。

第二大的危機是甚麼呢？是排隊！大家應該也有印象，疫情初期時全港「一罩難求」，新聞報導經常會見到藥房門口大排長龍。視障人士排隊買口罩，和一般健視人士排隊有何不同？分別是我們不會知道前面的人已經行開了！有時運氣好，排後面的人可能會提提你前行；運氣不好，萬一排後面的人貪心「打尖」，我們就會一直呆站，直到口罩賣清光，也以為很快排到自己！

憑"獅子山精神"爭氣

還記得我在失明初期，曾因媽媽的一番話，下定決心要「爭氣」嗎？自問這十多年一路走來，跑遍天下，成功追夢，也為積極宣揚正能量，讓公眾更認識視障人士出了一分力！我自己覺得是「爭氣」了！但公眾又是怎樣看我的呢？

到了2022年，朋友建議我不如參選《南華早報》及信和集團舉辦的「香港精神獎」，那是一個表彰香港「無名英雄」的獎項，她認為我無懼失明，勇於向前及推動愛心的行為，都好有「獅子山精神」！我心想參選也不錯，當作將我人生中有意義的事重新疏理一次也好！但又覺得社會上很多人比自己厲害得多，我真的有資格參選嗎？那位朋友是我讀中大中醫營養學課程的同學，她強烈支持我參加，因為她見證了我如何在課程中克服困難，衝破視力限制，說我有毅力，這一句就成為了我參選的動力！

決定了參選，但這個獎項並不是自行報名的，需要由公司或機構提名。而我的我的提名機構就是「跑在黑暗」，提名人是Tommy，然後要準備一份關於我的資料，但我在這個過程中沒有多大貢獻，主要由Chris和Tommy為我包辦了！他們不停收集相片，整理書面和網上的活動記錄，努力至三更半夜，終

跑在黑暗找到光

於將我的Portfolio包裝得「好好睇睇」,以吸引評判眼球。隔天是Nana生日,大家提交完資料,就精神奕奕參加生日會!

你哋影完相未呀?我要開動喇!

Nana話:

交完「功課」算是鬆了一口氣,但等待公佈入圍名單的一個月,心情總有些忐忑!當期限快到時,心中又有些期盼,盼望能入圍。而我知道入圍的一下步,是經由網上投票選出得獎者,當時已經在想,如果入圍了,我要如何邀請親朋好友投票給我呢?

有天工作期間,《南華早報》致電我請我做訪問,因為不時也有媒體訪問我和Nana,當時就不覺得太特別,後來才知道原來我入圍了,那個訪問將會是刊登於報紙的入圍宣傳稿!我馬上歡天喜地的通知幕後功臣Chris和Tommy,畢竟他們花了好多功夫去預備提名資料!但Tommy竟然跟我說,他早知道我入圍了,因為他是提名人,前一天已收到電郵通知,只是忘記告知我入圍,真被他氣死!

到了訪問當天,地點由我選在西九文化區的海濱,因為能

拍攝到維港景色，「香港精神獎」總需要些香港原素吧！而且當時的寵物共享地方不多，我最想帶同 Nana 一同出鏡，因為 Nana 一路陪伴我經歷了很多，應該和我一起接受訪問，也讓更多人認識導盲犬服務。而且有可愛的 Nana，投票率也會提高！

Nana話：拉票就交比我啦！請大家投我 Nana 同 Inti 姐姐一票！

有 Nana 拉票，效果當然不錯！我在 Facebook 努力呼籲自己的朋友投票，Nana 的「Guidedog Nana 專頁」粉絲也反應熱烈，也在不同的 WhatsApp 群組拉票，廿年的舊同學也給我騷擾了！投票期有一個月，盡力而為吧！後來收到通知要拍第二條短片，同樣在西九，拍攝時間足足半天！幸而那條片拍得很專業，展現了跑步的動感和故事性，很多謝拍攝團隊呀！不過，當時我內心有個疑問，拍片是不是「好兆頭」，代表我很有機會獲獎呢？

到了頒獎禮當天，我為自己預備了一條黑色連身裙，配淺藍色輕紗披肩，可愛的 Nana 則比我更為隆重！牠穿上粉紅色晚裝，一層層輕紗似波浪，領項更釘上大大粒同色珍珠，當晚果然獲得很多鎂光燈！

跑在黑暗找到光

我同 Inti 姐姐邊個靚啲？

Nana話：

　　當晚的大會司儀是我好喜歡的主播方健儀小姐，她和另一位男司儀Dennis相當專業，表現好流暢、反應好快！當她讀出我的名字宣佈得獎時，果然播出了那條拍了半天的短片！哈哈！不過，我得到的是甚麼獎呢？一共設有6個組別獎及大獎，我本來期望自己會得到「堅毅不屈獎」，因為自問這個獎最切合我，但人生就是充滿了驚喜，我竟然獲得大獎「獅子山精神獎」！這個獎代表了得到最多票數，即是我的努力得到了公眾的認同呢！

　　這個獎項是我人生到目前的一次疏理，我可以自豪地說句：「我真的爭氣了！」多謝每一位有為我投票的你，但我不會就此止步，我會繼續跑，也會和「跑在黑暗」繼續宣揚「在黑暗中找到光」的訊息，繼續為在社會宣揚正能量，讓更多人了解視障人士的能力，為共建共融社會出一分力！

真正的 "無名英雄"

　　我拿到的這個「香港精神獎」是表彰「無名英雄」的，那我心目中的真正無名英雄又是誰呢？如果我說無國界醫生是無名英雄，相信大家都不會反對吧！我們的領跑員當中有一位歐耀佳醫生，他是退休外科醫生，共當了22年香港紅十字會和無國界醫生的醫療義工，幫助在利比里亞、印尼、南蘇丹、泰國和中國內地等的不幸社群。歐醫生有8次親赴戰區的經驗，連我在寫這本書的期間，他亦身處以巴衝突前線，遠赴加沙救援平民和婦孺，我邊寫作亦邊在心中祈求，一定要保祐這位真正的偉大英雄平安回家呀！我作為朋友都會如此擔心，歐太和他兒子的心情相信更加緊張，真的無限感謝和歐醫生一家對世界的關愛，祝福他們平安！

資料來源：香港紅十字會

跑在黑暗找到光

歐醫生以醫療救助生命，而我心目中的另一位無名英雄林威強教練——林Sir，則是透過「運動」改變盲人的一生！林Sir是一位中學教師，曾在1992年打破香港110米跨欄記錄，他創辦了「香港失明人健體會」，專門訓練盲人跑步。運動真的能為失明人士帶來光明，我的心路歷程會在「馬拉松篇」詳述，但除了我，林Sir手執的教鞭就如魔法棒，改寫了許多視障人士的人生。例如有一位煙酒癮已深的老年盲人，他滿口粗話，亦因視力經常向家人發脾氣。林Sir以長跑作橋樑，親自領他跑山，讓其感受艱辛訓練後換來的健康和毅力，結果那位盲人被徹底改造成和藹的人，外貌更年輕了十年！

感激林 Sir 與一班領跑員，令我愛上跑步，活出「第二人生」！

林Sir除了親自領跑，也訓練出一班長跑教練和領跑員去服務視障人士，沒有領跑員的帶領，我們想跑也跑不成，大概我這本書也不會誕生吧！所以每位領跑員都是我心中的無名英雄。英雄的背後總有犧牲，部份領跑員本身也是長跑好手，他們撥出時間來義務領跑，變相就減少了自己的訓練時間和創造PB（最佳個人時間）的機會了，感謝你們每一位的默默付出！

"靚"給全世界看

在頒獎禮時，我和Nana的裝扮當然要精心挑選，但其實平時我對打扮都很有要求！很多時候都有人會問我：「Inti你睇唔到，點解襯衫襯得咁好睇？」由於我是後天失明，亦自認對顏色敏感，即使失明後也有「襯衫」的概念。我相信這也有助於求職，以及給大眾一個盲人的好印象。因為要改變大眾對視障人士的看法，有時也得依靠外在的形像！盲人也注重自己的外表，只因：「我睇唔到個世界，但全世界都睇到我！」

那我是如何揀衫、襯衫？我很幸運的有位「形像顧問」，就是我的好友Stella，我們有兩個方法買靚衫，一是她看到美麗的、合我個性的、質料好的（因為我有濕疹），她會統統會買下，再約我詳述，一邊拉着我手觸摸衣料，一邊解說衫的款色、顏色，我也會問她穿配的意見，應襯甚麼鞋、甚麼scarf？二是和Stella到店鋪直接選購，即場試穿享受購物快感！

那買了一堆靚衫，我如何配搭呢？在未有AI前，我是憑觸感記憶仔細將衣服摸一遍，細細記着它的衣料，有沒有雷絲、扭扣、釘珠、滑質的、粗質的，這些是我「認得件衫」的貼士。然後將衣物一幢幢分門別類，一幢是上衣、一幢是褲，外套和裙掛起，掛的方法是左邊短的外套或裙，右邊長的。找衫的方法也是憑手感去摸衣料和以上說的「貼士」，有的衫會有釘珠，有的會有少許厘絲點綴，一摸便分得清。冬夏衣服要分開放，

跑在黑暗找到光

重要是不要令自己衣櫃太雜太亂，緊記「斷捨離」！運動服也一樣，它們有另一個抽屜存放，同樣也是一幢幢分類，跑步的帽和領跑繩掛起。最難分辨的是T恤，我只能分辨棉質的「去街T」以及跑步的「Dry-fit」，但上面是甚麼顏色或圖案，就只能問人或問手機了！

我看不見世界，但世界看得見我，我要「靚」給全世界看！

有了AI幫忙，配搭衣飾就方便得多，例如我拍下一條裙，手機會這樣讀出：「這是一件掛在衣架上的灰色連衣裙。上半部是淺灰色，短袖，胸前裝飾著用閃片拼成的心形圖案。下半部裙擺是較深灰色的紗質材料，並有褶皺設計。衣架掛在一個木製掛鉤上，背景是灰色的門和白色的牆壁。」你覺得這樣的 AI 口述影像夠不夠清楚呢？如果你是我又會為這條裙襯一對怎樣的鞋呢？

　　無論是憑記憶或借助AI，由分得清、記得清自己有甚麼衣服，到最後要配搭得好看，「進修」也很重要！我參加過一個職業培訓班，形象顧問導師教了一些襯衫技巧，搭配近似色可以將人拉高，譬如下身穿啡色，上身不妨襯近似色米色，人會顯得高些。而我的個人「心水」則是對比色灰色襯粉紅色，以及橙色襯紫色！而且我有個小習慣，預早一晚配好衣服，不怕早上手忙腳亂出錯，趕時間是襯不出絕配來的，哈哈！

風雨中的喝采

　　早已習慣失明，又多了科技幫助，十年後的我在生活上還會不會遇到大困難？當然有！我經歷了一次「大手術」（詳情見「馬拉松篇」），休養了一個月，復工初期Chris為免我不適應和撞到傷口，做了一星期私人司機，帶着Nana送我上班。這些日子相當幸福！但我知道總不會永遠有人陪我上班下班，路是要自己走的！一天，我自行放工，早上出門前天氣報告預料當天會有大雨，我步出公司大門樂見無雨。但開心了一段路就微雨輕飄，我舉起雨傘，一位路人走近我說：「你把遮反咗，我幫你整好佢。」風很兇呀！我的白手杖也被吹得搖搖晃晃。

　　大家應該都記得，2023年出現了「500年一遇」的大雨，那期間經常大風大雨，一般人拿著雨傘都很狼狽！何況我還要一手拿白手杖認路，又如何顧得上控制雨傘？整個人都濕透了。更狼狽的是在橫風橫雨底下，我好難分辨馬路的交通燈位置！因為盲人過馬路不是「看紅綠燈」，而是用耳聽發聲燈的「噠！噠！」聲來引領。我不敢走得太快，心裡也有點慌，是否無人察覺我存在呢？為何沒有聽到附近的腳步聲，現在不是放工的繁忙時間嗎？如果這個時候Nana在我身邊多好，可以用牠的眼睛代替我的！但我沒有停下腳步，一步步慢慢走，終於

跑在黑暗找到光

找對了方向，並憑自己的力量渡過了這些風風雨雨，成功過到馬路！雖然在其他人眼中，「過馬路」只是小事，但我卻為自己喝采！

然後，終於有位熱心女士問我有沒有需要幫手？她可帶我到港鐵站。正常情況下的領路法，是我握著女士的手臂跟她行，但我已經一手拿傘、一手拿杖了，她見我如此狼狽，乾脆反過來抓著我一隻手帶著我走，雖然是好短、好短的路程，但我也相當多謝她的熱心，畢竟在大雨之下，我也明白彼此都十分狼狽，很多人都自顧不暇了！

Photo by
Sunny Leung

感激一路上的你們
陪伴我跑在黑暗，讓我找到光！

如果這位女士沒有出現，我能否憑自己順利走到目的地？我相信可以，只是走得慢一點、難一點，但只要不放棄，始終都會到達終點。未來的十年、二十年，我還會遇到各種未知的困難，但我相信只要堅持，我永遠都可以在黑暗中找到光！

有時一句簡單詢問，或者你眼中的舉手之勞，已經可以為視障人士送上一點光！在此分享與視障人士相處的一招半式：

第1招「觀察＋詢問」：觀察視障人士是否需要幫忙，亦可先詢問對方以免誤會。

小故事：一天放工，我獨自步行到港鐵大堂，原本打算轉左買飯團，忽然背後有一位「熱心女士」直接勾起我的背囊：「坐車行右邊，你行錯咗！」

第2招「出一臂之力」：經訓練的視障人士會扶着你的手臂，以與你相隔約半步之距跟你前行，而不是你去扶視障人士前行。

第3招「口述影像」：形容眼前的風景和危險位置給視障人士知道，描述位置時最好用「時鐘方位」。跟視障人士吃飯，不妨讀出餐牌；物品交接時，請放到視障人士手中；如果中途要暫離，請告知視障人士，因為他們不知道你走開了，會繼續「對空氣說話」！

跑在黑暗找到光

Chapter 02

跑遍天下「馬拉松」

寫給不運動的你

在「十年篇」都有提過，我自小是不運動的人，直到失明後才「起跑」，並因為跑步而開展更精彩的「第二人生」！如果你亦沒有運動的習慣，可能會覺得很誇張，為何「跑步」能改變人生？在科學的角度，跑步（及運動）時，大腦會分泌「腦內啡」，這種神經傳導物質能令人產生幸福感，當你持續運動，便會經常感到幸福，思考自然更加正向！即使撇開科學，當你跑完一段路，或者完成一組訓練，成功感及滿足感便會湧現。再說，我從小很少得到讚賞，但自從開始跑步後，不需「攞獎」也能獲得許多讚賞！看似簡單的一句鼓勵說話，卻是幫我建立自信心的良好橋樑，如果你亦缺乏自信，不如從現在開始起跑！信我，我是過來人！

但說到不運動，我亦同樣是過來人，所以知道大家不想運動的理由或藉口。首先是視力問題，自小已是大近視，每樣運動都是試一試便覺得不適合自己，馬上就放棄了！你是否也有這些經歷，感到以下內容似曾相識？

試過游泳，但當沒有眼鏡，我要瞇起眼扶着扶手下樓梯，「矇查查」地走進泳池，根本沒有一副泳鏡適合我的近視度數，游泳 No way！

跑在黑暗找到光

試過跑步，小學中學的體育堂也要跑吧！但厚厚的眼鏡重重地架在鼻樑上，在跑步的振動下會滑至鼻尖，非常尷尬，我不愛跑步！

　　試過踩單車，中學時與同學結伴到大嶼山踩單車，但我天生平衡力極差，又膽小怕跌傷，試了兩三次，跌都未跌過便放棄了。但心底最怕的是跌壞了眼鏡被爸爸罵！

　　這些似是而非的理由，真的造成阻礙，令我無法運動嗎？說到底，其實只是自己太易放棄，做甚麼運動也不堅持而已！所以我好想告訴大家，不要像我從前一樣找藉口，運動真的沒有你想像中難，我做得到，你都可以！

「上得山多遇發哥！」
天王巨星周潤發近年也愛上跑馬拉松，
運動真的好處多多！

今時今日很多人讚我堅強，有毅力，其實就是我一邊跑馬拉松，一邊培養出來的。但所謂「萬事起頭難」，易放棄的我最初為何會堅持下去？理由是好簡短的三個字：「捱義氣」！

　　2008年，香港還未發展視障長跑隊，朋友說想招募年輕的視障人士去參加2009年渣馬的10公里賽，但不夠人，我就「頂硬上」！老實說，單是跑完第一課的訓練，第二天已經累死了，下樓梯時肌肉痠痛得要命！但另一方面，視障後的生活節奏緩慢得很，很久未有像跑步時心跳得「卜卜聲」的感覺，於是咬緊牙關繼續跑！出乎意料地，那段「掙扎期」很短，跑了幾次，便發覺跑步多開心呀！和大家有說有笑的，跑完又可以吃多一點也不怕肥！出完一身汗，感覺多精神，皮膚也變好了，感到整個人也積極起來！

　　重新感受「心跳」，以至跑步的種種好處，不是別人告訴我，而是我的親身體會。既然有莫大的裨益，我就沒想太多，攝氏35度高溫或是黃雨也如常出席練習，回頭一想，原來我已經愛上了跑步！

跑在黑暗找到光

跑在黑暗的難點

　　為甚麼我會說我做得到，你都可以？因為視障跑手比一般跑手的障礙多很多，但我都一一克服了，所以我相信你也一定可以！

　　跑在黑暗最困難的是甚麼？是起跑的一刻！由於看不到路，我要依靠耳朵接收世界的運作和變化的聲音，而起跑前一眾選手也會興奮不已，歡呼吶喊，互相激勵一番，但聲音太多，就會對我造成心理壓力。當我起步上線，我聽起來就好像萬馬奔騰，真的有一萬隻馬在我身邊跑過，除時會把我「踏扁」的感覺！這驅使我將步距收細，後果固然是跑速減慢，所以即使大家的體能相若，視障跑手的速度一般仍不及健視跑手。

　　另一個會阻礙視障跑手全速跑步的原因，根據我的無科學根據推測，由於跑步姿勢是需要手腳並用的，但視障人士需要有領跑員領跑，兩人之間會彼此拖着一條繩，大家擺手且用繩牽着跑時，便有了前進的反作用力，比起一個人跑時用的力均能向前推進「蝕底咗」！

　　如果是先天的視障人士，在學習跑姿時可能就會更難，因為無法用眼看去模仿跑姿，也不能查看自己的姿勢有否「行差踏錯」。以下是一些視障跑手的常見自然「錯」動作，大家亦不妨檢視一下自己有無這些習慣：

1 **垂頭向下**：很自然在緊張時或累了就望向地下，頭也跟着垂下，影響頸椎，應該平視前方收腹挺胸。

2 **聳肩**：又是因緊張前路是否安全，令肩膀沒有保持自然下垂。

3 **左右擺手**：正確是要「前後擺」，但往往不自知向了肚臍的方向擺！

4 **身體後仰**：正確是要「微向前傾」，但看不見前路身體會因害怕而後仰，影響前進。

5 **八字腳**：腳趾應指向前方，如果右腳腳趾指向1點鐘方向，右膝內側就容易受壓而受傷，左腳原理亦相同。

　　跑姿不正確容易受傷和令跑速減慢，難以做到長跑的「自然動作」，即是最省力又可使身體前進的跑姿！但由於心理和環境限制，視障跑手想放膽盡全力跑，的確會比一般跑手難，所以健視的你，記得珍惜機會多運動呀！記得我從前健視時經過SOGO門前，見到絡繹不絕的馬拉松跑手經過，心中也覺得奇怪：「做咩佢哋咁辛苦都要跑呀？」直到自己從不運動到完成首次全馬，挑戰了人體極限，也培訓出紀律、獲得自信，我就明白為何「辛苦都要跑」了！如果你仍不明所以，也要親自跑一趟！

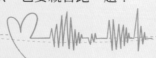

領跑繩連繫的愛情故事，就留待「愛情篇」分享！

跑在黑暗找到光

一年容易又"渣馬"

　　「渣馬」可能是最多香港人接觸的運動比賽之一，很多平時不跑步的人，都會抱著「湊熱鬧」的心態參加，體驗一下跑馬拉松的感覺！2009年第一次參加渣馬，跑到2024年，原來不經不覺已跑了15年，完成了23場全馬比賽！

　　這屆渣馬的參加人數是7.4萬，好熱鬧呀！當天我隨「香港失明人健體會」和47位視障運動員一起參加，這是我在「大手術」後初次出賽的10公里（本文稍後會再講），只抱著輕鬆的心情去跑，有些收窄的路段比較難跑，幸而大家在領跑員的細心領跑下全部平安完賽。順便提提大家，平時練跑或比賽如遇見視障運動員，可留多點空間以免發生意外。

　　不過，當晚看新聞時聽到這屆渣馬竟然有842人受傷，更有人危殆以至死亡！所以真的想提提大家，跑馬拉松定要有所準備，平日也要適當練跑，我整合了一些渣馬的參賽注意事項，也算是班門弄斧一下，哈哈！

　　1 **注意保暖**：以「洋蔥式」穿衣方法最佳，可備膠雨衣在起跑前用。

2 **隨身物品**：除膠雨衣和運動計時錶外，也要帶備補充能量的食物。如果跑全馬，我必帶能量啫哩4包和能量棒2條。如跑10公里或半馬，自覺有需要也可自由選擇。

3 **熱身運動**：慢跑至身體微微出汗，再做動態伸展；衝終點後步行數分鐘後再做「Warm Down」。

4 **預防受傷**：要保持恆常練習，平日如感受到肌肉繃緊的部位，就多加按摩及伸展，也不妨用熱水泡泡腳，比賽前一週確保有足夠休息和睡眠，適當飲食。

5 **練跑地點推介**：無論跑10公里、半馬或全馬，若時間許可，可選風景和空氣好的地點，如馬鞍山、沙田、大埔沿城門河跑；想練斜路可跑上梅子林，荃灣青山公路看日落也是好去處；跑九龍仔公園一圈有1.4公里，邊跑邊賞花也是不錯。若時間有限，可在自家樓下選一些路闊人少的路段跑，以免影響路人或自己的「Placing」（步速）。設計一個美食團也可勾起你的興趣，像是Chris跟我有次跑去深井吃燒鵝，想起仍回味無窮！

6 **訓練時間**：每星期恆常練習最重要，最好隔天跑，讓身體有一天時間恢復，減少受傷。

跑在黑暗找到光

如果你是新手由零開始，沒有恆心練習怎麼辦？我的心得是可以和朋友三五成群一起跑，開開心心完成當天的訓練量後，可一起聚餐順便檢討跑姿、速度、呼吸，或商討未來的跑步大計等，這會推動你繼續向前跑！

　　而最多女性關心的問題，跑步是否有助減肥？專家指慢跑最燒脂減肥，我的個人經驗是只要肯跑，身形肯定會更有「曲線」，但磅數不一定會減，因為脂肪變成肌肉反而會重。還有一個「減肚腩」心得，就是下苦功練核心肌能，如 V sit 或平板支撐都不錯。

　　回想 16 年前，我在 2008 年 11 月 29 日「起跑」，初時只是為健康，也為了跑完後一班人開開心心吃宵夜。跑到 3 年後在海外視障組別賽事得獎，便充滿雄心壯志，非常沉迷長跑，更不知天高地厚地想放棄全職工作去挑戰殘奧，誰知林威強教練聽後澆了一盆冷水：「有份工作才重要，長跑只是興趣。」

　　隨著跑齡增加，慢慢明白了林 Sir 話中道理，原來自己自幼沒運動基礎，不是長跑的好材料，而且女跑手難做呀！素來女性體質也不及男性強，且有生理週期問題，在下文開始的「六大馬」追夢之旅中，大家也會看到我的成績一次比一次慢！當時我只覺得易累，跑不起勁，俗稱「跑唔起」，原來我身體內已潛伏了幾粒子宮肌瘤，到跑完最後一站倫敦後回港檢查，血

紅素是正常女性的三分之二，鐵質卻是正常女性的三分之一，身體沒有血氣，難怪無力提腿後摺，過來人聽了嚇一跳：「你竟然仲可以跑完馬拉松，無中途暈低！」

由於病情影響健康，我在2023年9月做了本文開頭提及的「大手術」，摘除了子宮，慢慢養好身子讓血色素回復正常，再由短一點的10公里開始練習，將基本功做好，改善跑姿，這樣才能避免受傷，「經濟」地跑出好成績，且長跑長有！就好像跑這場15年後的渣馬，我已經不計較時間，志在享受比賽過程，我真的好愛跑步呀！每次跑就會自然笑起來，因為跑步顯示了我身體健康，又有充滿愛心的人領我跑，是很好的社會共融體現。

我會繼續「跑天下，見天下」，直到跑不動！

跑在黑暗找到光

跑向天下"六大馬"

　　先說結果，我在2023年創下了歷史，成為了香港第一位成功完成世界六大馬拉松的視障運動員！這個「六大馬」是甚麼呢？它包括了六個年度城市馬拉松賽：波士頓馬拉松、倫敦馬拉松、柏林馬拉松、芝加哥馬拉松、紐約馬拉松、東京馬拉松，是一個「跑遍天下」的最高水準賽事！

　　直至2023年12月底，全球只有12,212人完成了「六大馬」，香港跑手只有258人，我很榮幸是其中一個！順帶一提，藝人林海峰也有跑馬拉松，同樣以跑完「六大馬」為目標，到時香港的「大滿貫」跑手又多一人！

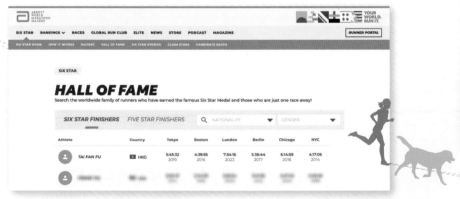

每位完成「六大馬」的跑手，
在比賽的官網都有記錄！

　　但由初最接觸跑步，到跑渣馬，到參加世界級賽事，當中的難度差距是天壤之別，我為何會忽發奇想跑「六大馬」？當中必不可少的竟然是Nana！

　　當初我決定到美國進行導盲犬的配對和共同訓練計劃，在2012年7月認識了Nana，同時也認識了牠的兩個寄養家庭John和Stephen，交談下他們得知我跑馬拉松，便好興奮地告訴我很多關於馬拉松的事。最好笑的是其實他們兩位都沒有跑步習慣，卻向我推介紐約市的馬拉松比賽！

跑在黑暗找到光

John 和 Stephen 跟我說，每年十一月的第一個星期日，都會舉行「國際紐約市馬拉松比賽」，每年都有5萬人參加，是全球最多人參加的全馬賽事，也是紐約的一大盛事，全球六大馬拉松之一。最重要，因為紐約就是 Nana 的「鄉下」，他們提議我明年帶 Nana 回來跑這項比賽！

Nana 望著家鄉的
　　眼神好深情呀！

　　當時我一聽就覺得相當吸引，可以「跑馬仔」，又可以帶 Nana 坐飛機回鄉探親，一舉兩得，於是我便一口答允了！但那時我參加過最遠的只是日本大阪馬，對國際性的馬拉松賽根本一無所知，從他們口中才知道原來世界上有紐約馬，「六大馬」更似是十分搖遠的事！但試試跑天下，見天下，好像也不錯！

　　後來順延了一年，在2014年11月，我真的帶同 Nana 再次踏足紐約，跑出邁向世界的一步！

追夢的起點 @紐約

第一次來紐約是接導盲犬Nana回香港，這次是來跑紐約馬兼帶Nana回鄉探親，心情截然不同。我們一行4人1狗，由三位領跑員Chris、BT、Anthony和導盲犬Nana齊齊護送我這位視障跑手。由於第一次參加國際賽，我們提早了4天來到美國，以適應天氣和時差。這幾天我們有甚麼做？

第一站首先帶Nana「回娘家」，即是導盲犬學校「The Guiding Eyes for the Blind」，Nana興奮得把尾巴亂搖！接着我們遊覽了時代廣場、Hudson River、第五街、華爾街等，全程Nana這位「小遊客」也十分興奮，看牠輕佻的腳步，像是告訴我牠以前也來過！ 到了比賽前兩天，就要開始收拾心情準備比賽。我先到Expo會場領取選手包，內有最重要的號碼布、跑手需知和一些贊助產品。為甚麼說號碼布最重要呢？除了用來識別每位跑手及計時，賽後參加者也要憑此號碼在

Nana話：

紐約係我地頭，
我認得路架！

跑在黑暗找到光

大會網頁尋找自己的靚相！哈哈！

　　下一步就是到比賽的起步點「踩下場」，預習及感受一下跑道環境、早晨的溫度等，讓自己心中有數比賽，當天應提早多少起床準備，及配搭最保暖和「最型」的「戰衣」！來到跑道當然不是看看就算，也要跑幾步「鬆鬆腳」，我們4個人8條腿，就在清晨6點多由酒店跑去面積341公頃的紐約中央公園（約18個維多尼亞公園），跑到繁花綻放、小橋流水、悠悠的大草地之處，就停下腳步擺pose「打咭」，真正的走馬看花。我們做完正事，就輪到Nana來中央公園舊地重遊了，美國的公園對動物都很友善！視察中央公園完畢，我們吃了一頓豐富早餐，救命！在美國的飲食都是好大好大份，幾乎二人共享一個餐才行。Chris在美國還經常喝可樂，回港後肥了好幾磅，腰間好像纏了一條「車呔」般，被我取笑了幾個月！

　　到了比賽前的一晚，我第一次參加「Pasta party」（意粉派對），為了讓參加者任意「加碳」，吃大量碳水化合物以儲備能量應付明天的大戰。各款意粉包括幼條天使麵、平常吃的條狀意粉、蝴蝶粉、橫切面越來越大的螺絲粉、長通粉等我們都一一嚐透，享受美食的同時，我的耳朵卻好難受！因為會場好像「的士高」，播放著澎湃激昂的音樂為明天參戰的好手加油，但比較依靠聽覺生活的我就感到吃不消，吃飽了就快快離開會場。

　　終於到了比賽當天！2014年的紐約馬參加人數共有5萬多人，因為是大型世界賽事，大會分幾路上線，還記得我們起跑後便上橋，但我們的頭上還有一條橋，上下天橋都有跑手，如果從高空俯瞰肯定很壯觀！而紐約馬的路線跨越了紐約五大

行政區，從史泰登島出發（Staten Island），途經布魯克林區（Brooklyn）、皇后區（Queens）、布朗斯區（Bronx）與終點中央公園的曼哈頓區（Manhattan）。

這五個區都是外島，起點史泰登島遠離市區，要在市區曼哈頓乘坐大會的接駁巴士一小時到達，是我參加過的比賽最遙遠的一個起點。因太早起，清晨5點多已經出門了，溫度低又大風，還未到上線已消耗了不少能量！但受折騰的不止我，5萬名跑手都是這樣的了，我們說說笑笑彼此安慰，運動員的堅毅就是這樣練成的！

來到起跑點，眾跑手都熱血沸騰，即使氣溫只得攝氏3-5度，但大家都擠在在上線區，身體靠近而產生了熱力，大家都穿著單薄，有的跑手只穿短褲背心跑裝呢！我們這4位從亞熱帶地區來的跑手當然是專業裝束上陣，不穿短衫褲是避免身體失溫而影響表現，令幾個月的訓練白費。值得一提的是人體七成的散熱都在頭部，因此必須注重頭部保暖。我的保暖心得是帶備「頸套」，既可作頸巾為頸部保暖，亦可作頭巾，因為它是圓

專業跑裝上陣，
保暖又「有型」！

跑在黑暗找到光

柱型而布料富彈性，正好套上它後再戴上帽子。除了這好物，我很怕冷，所以身體也貼上好幾個暖包。

還記得我說過，視障跑手最恐懼之一是起步後「萬馬奔騰」的腳步聲嗎？紐約馬不愧是世界級賽事，上線安排得很好，我反而起步的第一公里便安心邁出大步跑了！不過，起跑後不久已感受到風漸漸變強，簡直好像香港的8號風球！領跑員們一邊跑，一邊為我口述影像，我們跑了2公里，正跑向第二個島布魯克林區。這時，領跑員之一Anthony發生了一宗有趣的「意外」！

剛才講到頭部保暖的重要，Anthony亦在賽前shopping時買了一頂新帽子，但他沒有像我般先戴頸套再戴帽（帽和頸套產生磨擦力便不易被風吹走），所以他的新帽只戴了2小時就被吹走了，吹得好遠好遠，根本不可能檢回了。但在強風之下，帽子被吹走的又豈止Anthony一人？我們眼前遍地都是帽！Anthony靈機一觸，隨地撿回一頂「無主孤帽」蓋上頭上就繼續跑！

前段3公里也受着大風影響，我不停跑，以為自己算跑得快，心想我們現在的 placing（每公里幾多分鐘）是6分幾鐘吧？問一問領跑員，Chris回答我是7分28秒，比我想像中慢！好不容易跑過這些魔鬼路段，終於到達市區了，嘩！海量市民在賽道兩旁為選手歡呼吶喊，這情景我在跑香港渣馬時沒有體驗過，難怪當初John和Stephen如此熱烈地告訴我這項全紐約市民也上街支持的盛事，打氣的人達100萬人！市民大叫「Hurry up, Keep going！」替跑手加油，見我們穿

著「Hong Kong」跑衣也會喊「Hong Kong！」但不時也會喊成「Japan！」看來在外國人眼中很難分辨亞洲選手啊！第一場「六大馬」賽事，最吸引我的就是氣氛，雖然我看不到風景，但聽著那麼多支持聲音，也算是一種享受。而且這些打氣的市民不止帶來開心的氣氛，還有貼心的補給品，例如用「花士令」給選手塗在身上容易擦破皮的部位，很專業和細心的啦啦隊！也少不了補充能量的能量啫喱、糖果、薯片、橙、可樂和Lemonade等，食物和飲料都垂手可得。

之前Anthony發生了吹掉帽子的「趣事」，現在輪到我了！記得我身上貼了好幾個暖包嗎？比賽未開始時真的很冷，但跑了4至5公里，體溫上升了，巴不得將所有剛才覺得是「救命好物」的保暖物品立即丟掉，貼在衣褲上的暖包易處理，最好笑是我自作聰明，怕暖包易脫落而貼了在褲內，這時跑到小腿的暖包熱得發燙，但跑比賽當然是爭分奪秒，如何是好？我們商量了好幾公里，終於忍無可忍，在眾目睽睽之下停下來撕暖包，好不自在！但沒辦法，從4公里跑到10公里，根本到處都站滿人群，想「低調」點拉起褲管撕暖包都不行！因為這件笨拙的事，我被Chris埋怨至今！

跑至18公里及30公里，Nana竟在人群中突圍而出，用牠大大的舌頭送上一個big kiss來為我加油。香港視障人士在紐約跑大賽已不可思議，寄養家庭竟在成千上萬的人群中帶着Nana做兩次「加油站」，好夢幻的時刻！到底他們是怎樣追蹤我們呢？

跑在黑暗找到光

幸好經過這件「瘀事」後，我們就跑得相當順暢了。紐約的地勢平坦，但島與島之間的天橋部份有少量斜路，地面間中也有些行車路凹凸不平，但問題不算太大。對視障跑手最困難的是終點紐約中央公園，賽前雖然已曾「踩場」，但當時未變身賽道，所以好廣闊，但現在有幾萬人在場，在園內轉來轉去還要避開其他跑手，到了比賽尾段，訓練有素的選手們都會拼盡餘力加速跑至終點，就像我亦「逢人過人」！反之，有些後繼無力的選手就會慢步到終點，領跑員帶着我跑便很吃力了，像跑障礙賽一樣左閃右避。

**我的第一面「六大馬」獎牌，
掛在頸上便感受到
它的「份量」！**

　　眼前是42.195公里的終點拱門，拱門下有兩條一尺闊的電子計時地毯，跑手們跑過時發出的「呎！呎！」聲越來越近，我們聽見便知道終點在望，但即使我們興奮不已，仍保持最美麗的姿態「有策略」地跑！因為這時不論大會或觀眾都會有很多很多的鏡頭對準各跑手，無論身體多疲憊，也要擺出最優美的跑姿並掛著笑容跑到終點，拍出來的相片才會在日後回味無窮！

我以4小時17分的成績衝過終點，是完成賽事的首位香港視障運動員！我好驕傲地領過大會獎牌，掛上頸項時感到這面牌好像特別重，伸手摸摸，真的比其他賽事的完成獎牌大了些！

　　優美地衝過終點拱門，其實亦已將力氣用盡了，由於足部經歷了4小時多的重覆動作，需要先進行伸展，走起路來還是一拐一拐。而且跑完慢下來，再次感受到天氣寒冷，我又想念那些被我撕掉的「救命好物」了！我心急想尋找寄存在大會行李中的羽絨大衣來保暖，邊查找放置行李的大貨車號碼邊發抖，冷得牙齒打顫，我懷疑再找不到行李，我就可能會有低溫症了。這時身邊有一輛救護電單車經過，他們把我撿回救護站，但只有我一人，三位領跑員都不能上電單車。我上車後好驚呀！人生路不熟又看不見，萬一Chris他們找不到我怎麼辦？

　　救護員把我送進救護站，裡面有得坐又有暖氣，還給我一杯熱騰騰的朱古力飲料，體溫終於慢慢回升，Chris他們亦很快跑了進來與我會合。

　　會合之後還未能休息，因為還未取回行李！大家再次向著行李車的方向出發，嘩！走了一段路後我的疲勞、腳痛、冷意統統消失，因為見到Nana正從遠處跑來接我們！John和Stephen帶着Nana來到終點，John手上還有一條像香港小姐的大披肩，上面印了代表完成紐約馬的設計，他將披肩披在像「雪條」的我身上，披肩的質料厚實，還包含著寄養家庭的心意，再加上可愛的Nana，足以驅走一切寒意！

跑在黑暗找到光

最古老的一站
@波士頓

得到了第一面「六大馬」獎牌，我心中就更有底氣，繼續追夢，跑天下，見天下！我的下一站目標是第120屆波士頓馬拉松，它的歷史地位悠久，是最古老的馬拉松比賽，不過它的門檻很高，是全球最高資格的馬拉松賽事，能取得入場券的均是高手，每年的入場門檻也有調整，我當年的公開組的入場門檻是3小時35分。幸好波士頓馬還專門為殘疾選手開設了門檻相對稍低的「殘疾組」，我憑紐約馬的成績（4小時17分）足以入場了！

波士頓馬在每年的「愛國者日」，即四月第三個星期一舉行，為了適應時差，我一如既往地在提前幾天到達美國。這次的一行成員同樣是4人一狗，兩位領跑員Chris和Tommy，還有打氣團團長Larry負責在比賽日駕車載團員Nana到Check point為我們打氣。雖然帶Nana同行需要處理很多出入境手續，行李也會增加（起碼有狗糧和床舖），但可以讓牠又再回

鄉探望兩年不見的寄養家庭，今次還有壓軸的「特備節目」給Nana驚喜一下！

踏足波士頓，我馬上感到當地氣息跟紐約很不同，它也是乾燥的、乾淨的、遼闊的，但帶點書卷味，可能因為有兩所著名的高級學府「哈佛大學「和「麻省理工學院」吧！我喜歡波士頓的街道和屋子，都有點紅磚的味道，我最愛這些風格的！今次我們選擇了「自駕遊」，到了 Heart Break Hill、Quincy Market 及路過哈佛大學等。我們逗留波士頓4天，最重要的景點當然也是 Expo，取了選手包後可以 shopping，最熱賣的運動品是「波士頓馬拉松風褸」，風褸的胸口和背脊都繡有波士頓馬的「logo」（有點像獨角獸），據說只要穿上它，馬拉松愛好者都會投以羨慕目光，畢竟是最古老又最難參加的世界賽事呀！我身為視障跑手也覺得沾沾自喜，之後幾天也穿著風褸自我陶醉！Nana 這幾天同樣開心，這裡四處都是 Nana 最愛的草地，可以自由「喪跑」！

2016 年波士頓
馬拉松風褸

這次的起點在市區，打氣團 Larry 和 Nana 我們3位參賽者到起點後，我們就趕快做熱身，因上線前的氣溫只有攝氏8至10度，身邊有兩個大大的帳篷，為參賽者提供熱朱古力和西式麵包，在賽前最後一刻「加碳」，我很少在賽事中見到如

跑在黑暗找到光

此貼心的安排。天氣實在太凍，口中呼出一口氣也變成白霧，Tommy提議飲杯「熱朱」，果然沒那麼冷了！

　　上線的感覺很輕鬆，因為大會因應各人的完賽時間來安排起跑，每3分鐘劃分了一小區，我們在「D」區，在我附近的也是PB為4小時17分鐘左右的跑手，令我在讚嘆這有120年歷史的古老比賽，果然有它的經驗與深受歡迎的理由。波士頓馬的賽道從Hopkinton開始，往東北經過Ashland、Wellesley、Newton，最終進入波士頓市區。起跑區兩旁站滿了打氣的市民，和紐約馬一樣也是全城響應！他們都將參賽者視為「Hero」，只要我遞上雙手，他們會為我噴上一層防曬或遞上「花士令」；飲食方面的補給亦不比紐約馬遜色，還有人高舉快餐店的早餐薯餅，真令我們忍俊不禁。波士頓馬還有一吸引之處，19公里的女子大學有「靚女」們舉起打氣牌，男士一看見便自動加速，因為牌上寫着「Kiss me！」Tommy為我選了一位最靚的女大學生，Chris帶我過去「Kiss」一下，哈哈！我也有艷福！

　　我們跑得很暢順，2小時14分過去，已完成了一半的賽程，跑到Check point時驚喜來了！打氣團員Nana幾乎想掙脫Larry，衝到賽道跟我們一起跑！我雖然興奮，但趁著跑了半程體能仍未下跌，不想停步太久，只快速地跟Nana她打了個招呼再摸摸牠的頭仔便跑走了！跑到31公里有個特色地點叫「Heart Break Hill」（心碎坡），因為馬拉松的30公里稱為「撞牆」位，即跑手容易因體能下降而突然嚴重疲勞，這條「心碎

坡」有條斜路，又倦又要跑上斜，怎會不心碎！但我們3個平日也有跑斜路或山路，跑過了「心碎坡」也不太心碎，甚至懷疑是否跑錯了地方？

　　輕鬆過渡了不令我們心碎的撞牆位以後，接着又有開心事，打氣團再次出現！這次Larry和Nana似乎有了默契，Nana沒有嘗試衝過來跟我跑，反而把牠的尾巴當成啦啦球，用力搖擺！但一碰面又要趕路，我跟他們說聲：「終點見！」便再次跑走了，Nana見我們絕塵而去有點失落！

我甚麼也不顧，
一心想著向前跑，
最終成功達標！

　　最後我的完賽時間是4小時39分鐘，雖不是怎麼佳績，但算是達成了自己不想超過4小時40分的小目標。為了達標，我在最後5公里不停計算如何分配每公里的速度，Chris說了一句：「最後幾公里，有幾多跑幾多，唔好留力！」聽到這一句，我就專心一致向前衝，再沒暇跟兩旁越來越多的打氣民眾打招呼或玩「Gvie me five！」以每公里5分30-45秒的

跑在黑暗找到光

placing狂奔終點，最快的1公里道跑出5分13秒，以女視障跑手來說，跑5分幾鐘的 placing 算是快速了！自稱「手機跑手」的Tommy說好了會拍攝Chris帶我衝過終點的一刻，怎料他說我們跑得過快，他來不及拍下這個歷史時刻！當我耳邊聽到的「呸！呸！」聲漸近，知道終點就在我眼前了，撥一撥經歷了42.195公里的凌亂頭髮，在大會和兩旁好多好多的鏡頭前微笑，過了終點迎來一面「Finisher」的完成獎牌，即時熱淚盈眶！這個波士頓馬拉松太古老、太需要資格完成，在我的世界裡遙不可及，但我手中卻握著這面完成牌，不是好像發夢嗎？

我們3個比賽中冷落了打氣團員Nana，賽後立即安排「特備節目」補數，帶牠到新澤西州（New Jersey）與寄養家庭John再次共聚天倫，還見到兩隻小時候一起寄養的導盲犬，Nana當然「開心返晒」，牠招呼我們燒烤、做划艇領隊、樓上樓下帶我們四處參觀，更經常和兩隻導盲犬同伴結伴搗蛋，闖入廚房「禁地」，好像「放大假」般要盡情減壓！

兒時朋友仔
都已經長大啦！

Nana話：

Nana的 "尾班Trip" @芝加哥

　　本來看似遙遠的「六大馬」，原來只要願意跑出第一步，我轉眼就跑完了三分一！下一站是哪裡呢？是每年十月份舉行的芝加哥馬拉松，它在芝加哥市依利諾依州富克縣舉辦，由北跑到南，沿途都是圍繞城市跑。芝加哥馬是我最後一場在美國跑的「六大馬」賽事，所以Nana也「例牌」順道回鄉探親。不過，獸醫勸我們最好不要帶Nana同行，因為動物坐飛機其實很辛苦的，但最後我們都是帶上了Nana，讓牠也一起開開心心地完成美國賽的終站。

這次Chris是唯一的領跑員，我們的旅程卻不乏同伴，有同來參賽的Anthony（紐約馬領跑員）、Barry Tam（埃塞領跑員）和Karen，跟導盲犬Nana大家同一屋簷下很熱鬧，好像一家人互相照應！

跑在黑暗找到光

芝加哥給我的感覺是很「城市」的地方，四周高樓大廈林立，沒有波士頓的古舊風格和書卷味道。賽道都比較平坦，沒有「心碎坡」的斜路挑戰，但和之前兩場賽事一樣，跑道兩旁42.195公里都不乏打氣的市民，芝加哥馬也是全民支持的盛事呢！不知香港馬拉松何時可變成這樣深受大眾歡迎呢？

不過，這次比賽其實我「帶傷上陣」！在比賽前幾個月，家中的寵物犬叮叮，當時年屆14歲，確診了慢性腎炎，每天早晚也要替牠注射生理鹽水，飲食上也要特別照顧，故Chris和我練跑的時間不多，沒有恆常練習反而容易受傷，加上我上班「貪靚」穿高跟鞋，引發了足底筋膜炎。

芝加哥馬的起點在格蘭特公園（Grand Park），足下滑過23公里的亞當斯街，起初的30公里都順順利利，心想今次可以僥倖過關，但到了33公里的華人街，我的足部似乎開始投訴了，足底筋膜炎的特色是起床後腳跟痛，活動後血液循環後會舒緩痛感，但步行久了痛感又會加劇。不但足底疼痛，連大腿側髂脛束（IT Band）也開始抗議，引致我的膝關節屈曲困難，此後，我要用走路的方式行到終點，沿途也相當洩氣，即使急步行，速度始終很慢！看着一個個參賽者在Chris和我身邊跑去，心裡懷疑自己到底要用多少時間才能走得完？或者乾脆退出？

這就是領跑員發揮作用的時候了，不單要在生理上照顧視障跑手，也要調節跑手的心情，充當輔導員。Chris看準賽道都選在當地最風光明媚的路段這一點，為我口述兩旁景色來分散我的注意力：「你右邊有一座古老的紅磚建築，有三四層樓

高。」我在腦海中開始畫畫，想像着當下的好天氣中有座「古堡」，好美啊！Chris還提議我先不要行，站着拍幾張照留念吧！之前的比賽都是專心跑，很少停下來拍照呢！經過他的「分心輔導法」，我開始邊行邊享受風景，灰心的念頭已飛到九霄雲外。

　　40公里的密西根大道很接近終點了，這次因傷足足花了6小時15分，艱辛地到達終點後居然見到Anthony、Barry Tam 和 Karen 仍未離開會場！他們用平和及關心的語氣問：「Inti你係咪受傷？你平時應該4個幾鐘就跑完！」我詫異又感動，心裡很不好意思，他們應該早就跑完了，卻不回酒店休息，站在終點吹著冷風等了我兩小時，跑步的人多有義氣，有你們這班朋友是我的光榮！

忍著腳痛，
花 6 個小時多堅持行完比賽！

跑在黑暗找到光

最後一次飛，等我周圍
留多幾個腳印先！

Nana話：

　　完賽後慶功吃餐好當然是必要的，今次的慶功真不簡單，我們同一屋簷下的5位再加其他由香港飛到芝加哥「跑馬仔」的朋友，在著名籃球明星Michael Jordan開的餐廳坐滿了整整一桌，價錢當然好貴啦，因為是米芝連餐廳！不過在賽後反思，自己帶病參賽影響成績，實在是反面教材，大家不要模仿！

　　之後我們還在芝加哥留多了兩天，想找些公園帶Nana去Free-run一下，因為前兩次在紐約和波士頓都有很多動物友善的公園，Nana玩得好開心！但這次找不到呢，這城市跟香港一樣繁華，只好先委屈Nana了。其實我和Chris的心中都很掛念病重的叮叮，所以匆匆遊覽後就趕回香港照顧牠了，這是愛與責任呀！

一條"手帶"的意外 @柏林

　　跑了連續三站美國，下一個目的地是哪裡呢？是柏林！這次的領跑員同樣是Chris，同行的還有他的阿姨Michelle，我們三人同樣是首次去歐洲，大家都懷着興奮的心情出發，但又顧慮不諳德文會否出問題呢？

　　這次的賽前遊覽由德國慕尼黑開始，我最喜歡慕尼黑瑪麗恩廣場，那裡有很多大教堂，聖彼德教堂、慕尼克聖母教堂和鐵亞提納教堂等，跟我以前看過的旅遊節目一樣呀！新市政廳也有很多哥德樣式的石雕像，Chris帶我用手輕輕摸一下它的圖案：「有4個小天使在斬殺人類所憎恨的妖怪。」雕刻有點可佈！我們留意到，四周的名店有很多寵物犬在跟主人一起shopping呀！之後坐火車到栢林，德國的火車同樣歡迎寵物，可帶同愛犬去旅行，如果到Nana退休時，香港的「Pets Friendly」

慕尼黑瑪麗恩廣場

跑在黑暗找到光

亦發展到這地步多好！足下是柏林的遊客區，歐洲的氣色跟亞洲不同，空氣較清新和乾燥，走到猶太人大屠殺紀念館和附近的建築，彷彿能嗅到它的文化歷史一樣，好像走入了旅遊節目頻道，原來歐洲和自己想像中差不多。

柏林馬的賽道平坦而筆直，因此被譽為「最快賽道」，我不禁幻想能否在此創造BP（Personal Best）？但不要說BP了，我差點不能落場跑！這次賽前必去的 Expo 安檢相當嚴格，由於Michelle不是參賽者，據大會的指示是不能入內，最後給予通融才能3人同行。工作人員核對過我的個人資料後，給了我號碼布，並在我手腕上掛上一條有綠色柏林馬標誌的手帶，之後我回酒店就脫下手帶洗澡，將它拋諸腦後了。

到了比賽當天清早，Chris帶我從酒店慢跑3公里到勃蘭登堡門預備上線，時間非常充裕，我們熱身後寄存行李，還慢條斯理地行去起跑線。這時Chris發現不妥，場內每個跑手的手腕上都掛著那條綠色手帶，手腕上空無一物的我立即心中一沉！任憑我們怎樣解釋，會場保安都堅持沒有那條識別身份的手帶就不能入場，Chris只好跑3公里回酒店替我拿手帶，然後又跑3公里折返。而我呢？我的體能不如男士，就獨個兒坐在勃蘭登堡門的石階下等待。回想起來，大概是在Expo時我們沒留心聽講，不知道要戴著這條重要的手帶入場吧，又或者他們講德文，我們根本沒聽懂！等著等著，真是百般滋味在心頭，眼看不見，只聽到身邊越來越多人像流水般向前，自己此刻孤身在陌生地方，萬一遇到壞人怎麼辦？

我的擔憂沒持續多久，Chris很快就氣喘吁吁地跑回來了，我的負面情緒亦煙消雲散，回復比賽狀態。這次柏林馬天晴，氣溫攝氏10度左右，參賽者都心情興奮，氣氛熱烈。可能上次波士頓馬的安排太好了，這次就覺得相對沒那麼完善，花了20分鐘才能上起跑線。「六大馬」已跑到第4站，看到老天對我們很好呢，4場比賽的天氣都這麼好，我懷著愉快的心情起跑。

　　跑到第1公里的勝利紀念柱，感受到市民的熱情打氣跟美國的3場比賽一樣，沿途跑道兩旁都是激昂的吶喊聲。經過11公里柏林電視塔，路況真的如傳說中的筆直，不用拐彎省下不少體力和時間，很快已跑過一半賽道，但我是聽錯吧？怎會一直聽到「Tai Fan harry up」？原來真的是在為我打氣呀！號碼布上印有參賽者的名字，所以打氣民眾會叫出每個參加者的名字來打氣，我真沒禮貌，未有回應我的Fans！

跑在黑暗找到光

42.195公里的賽道跨越整個城市，也經過了柏林圍牆附近，但跑至35公里威廉大帝紀念教堂這座反戰紀念館時，我的體力開始下降，雙腿提不起來，Chris使出「絕招」，節奏強勁的音樂響起，我便跟着節拍一步一步邁向勃蘭登堡門的終點。

堅持一路跑來，要比個「Like」自己！

跑向世界，第一次在歐洲衝過終點！

賽後當然要有些「儀式感」慶祝一下，這次我們三人就去吃德國鹹豬手慶功，問我好吃嗎？歐洲人的主食是麵包、意粉或薄餅，我在德國這8天實情是「無啖好食」，吃慣米飯的我更帶備白米，前一晚以炆燒壺（保溫杯）自製白飯，「加足碳」後才出發上線，飲食等細節也不能馬虎呀！

"消失" 的打氣團 @東京

　　跑著跑著，離夢想的終點愈來愈近，只剩最後兩場比賽了！第五站是唯一一場位於亞洲的唯一「六大馬」比賽，地點是東京，香港人對日本相當熟悉了，簡直如「返鄉下」一樣，所以這趟旅程只有Chris和我兩人。

　　比起上次柏林「無啖好食」，在日本要「加碳」就易得多，吃拉麵和買飯團實在方便！賽前幾天仍是爭取時間觀光「打咭」、購物、享受日本美食，當然少不了去Expo東京馬大會取選手包。

　　到了比賽當天，連續4場「六大馬」都是晴天的慣例終於失效，未開賽已下雨，氣溫攝氏5.8度，體感溫度只有攝氏3度，幸而風不大！黑沉沉的雲層好像快塌下來，我們心知不妙，將雨衣、帽子、手套全都穿上，心中明白等下會是

跑在黑暗找到光

場迎難而上的苦戰！東京的馬路跟香港很相似，不像歐美般寬闊，在起跑區等了15分鐘才上到起跑線，跑鞋已濕！

　　從新宿跑至飯田橋及日本橋，一路上竟然沒有傳說中的打氣人潮，但我心中也明白的，參賽者淋雨跑是個人選擇，打氣的人卻沒必要冒雨站在街頭受寒吧！跑至10公里，打在身上的冰冷雨水沒停過，Chris說了句：「手套都唔防水，不如脫了更方便拿補給品和水」便真的脫下手套，到了14公里他想拆一包能量啫喱時，出現了手麻和手僵，試過用牙咬開包裝也失敗，我們只好在寥寥的打氣團中找觀眾為我們打開，這教訓了他冷雨下不宜脫下手套。

冒著大雨完成賽事，是運動員的堅毅精神呀！

　　跑到之處有晴空塔、東京鐵塔、銀座、淺草寺、竹地等，可惜我都無緣觀賞，因為Chris根本沒空為我口述影像！沿途太多「水氹」、上下小斜路、人擠路窄之處，他也得小心照顧我，每次我嘗試問他「跑到邊？」他都回應我：「唔得閒睇呀！」我也明白領跑員責任重大，如果一切順利又天朗氣清則還好，但在只有一位領跑員帶一位視障跑手的情況下，遇上惡劣天氣或突發事件，領跑員的壓力就很大！所以若資源許可，最好由兩位領跑員帶一位視障跑手，可以跑得安心些。

跑着跑着已30公里，雨沒有停下來的意思，我的「燃料」也消耗得差不多，飢腸轆轆，便問：「跑日本馬仔有好多嘢食，我哋身邊有咩食？」聽聞市民會在跑道兩旁展示琳瑯滿目的補給食物為跑者加油，如米餅、飯團、草餅、紅豆湯、朱古力香蕉等，這也是東京馬的吸引之處，但一路跑來好像也未有聽Chris介紹過，也沒有問我要不要停下來品嘗！我相信如果這天是晴天，表演的現場樂隊和舞蹈表演者定會出來為我們打打氣，民間打氣團也不會躲懶。可惜這刻耳朵所聽到的只有「沙沙」的雨聲和參賽者跑過地面積水的「唧唧」聲！

聽講比賽落好大雨，我好擔心Inti 姐姐啊！

Nana話：

35公里的雨點似乎較小，Chris提議我停下來將透明雨衣先脫下，因剩下的里數只有7公里，獎勵自己輕鬆一點回到終點吧！人是精神了些，但腳板長期浸在雨水中早已出現麻痺感，跑的動作本來就需要足部的「爬地」，已沒法子爬了，但運動員就要有堅毅的精神，我也堅持着跑回終點。

衝過特別冷和冷清的終點線後，沒料到全身濕透的運動員，還要步行約1公里才能領回寄存行李，我的腦海中只想到晚上要去浸溫泉，將我整個冷如冰條的身體泡在熱湯之中就好！

跑在黑暗找到光

寫下歷史的終站 @倫敦

　　這場「六大馬」追夢之旅，由於中間遇上疫情英國封關，我花了9年時間才終於來到最後一站倫敦馬拉松。倫敦馬是六場比賽中「中籤率」最低的，我也是靠慈善途徑好不容易才得到入場券。

　　這次同行的是領跑員Chris和Tommy，我們到倫敦除了跑，還探望了幾位倫敦朋友，故此特別興奮！2023年4月23日比賽當天，我睡至6點才起床，是睡眠最充足的一場比賽呢！一般比賽6-7時便起步，但這次我們的上線時間是早上10點10分！我們吃過Chris做的巨型三文治便坐鐵路到起跑點格林威治公園，噢！到達已是人山人海，卻又出奇地不失秩序。

　　我蹦蹦跳跳到一片沒人的草地跟Chris做動態伸展，才做了幾個動作，富倫敦特色的雨就來了，Tommy馬上說：「淋濕了會失溫，快啲遮下先！」他一邊打傘一邊把行李放在地，叫我們坐下休息保留體力。三人打着傘坐在地上，我不禁苦笑說：「我覺得我哋好似乞兒！」這時候Chris忽然拿出麵包，叫大家「加下碳」，我們便坐在地上吃起麵包來！雖然苦中作樂笑個不停，但大家心中都在想：「幾時先停雨呀？」因為下雨容易令跑手失溫、體能下降，又要應付濕滑的跑道，衣褲鞋濕了又增加身體負重，全都是影響成績的因素。兵來將擋，又是鍛鍊堅毅的好機會了！

上線後，雨點很快沾濕了頭髮，跑著跑著，我突然哽咽，感到眼眶冒起薄霧，不由自主的感動起來。不是因為雨點沾濕眼睛呀！是感受到我又「起跑」了！只要我不停步，夢想就在咫尺，當年初次從寄養家庭John和Stephen口中聽說紐約馬，我還覺得「六大馬」好遙遠，現在我每跑一步，都在跟終點倒數了。我想起沿途上鼓勵和幫助我的好多好多人，亦很想念天上的爸爸，在心中說了句：「爸爸你不用掛心，媽媽和我全家也很平安快樂！」便懷着感恩的心情大步跑！

但似乎上蒼未有因我的夢想即將成真而感動，雨勢未見收細，但在12公里位置有驚喜！我們一位移民英國的朋友花師奶連同丈夫淋著雨，舉起一幅「37吋大電視」般大小的應援牌，上面寫著：「Inti、Chris、Tommy加油！」嘩！不是「Mirror」也有應援牌！應援團還冒雨站幾小時為我們打氣，我伸手一摸，花師奶身上的羽絨在滴水呀！我一時哽咽說不出話，心裡卻高興得不得了，我這個傻瓜真幸福！

跑至15公里，我的跑鞋已經全面濕透，雙腳腳掌冰凍，越來越難跑。這時Chris「變」出了一對跑鞋及襪子，換上乾鞋襪後舒適多了，速度也加快了！我不禁問自己：「點解個老公咁好嘅？真係無嫁錯！」可惜好景不常，跑了19公里我的身體已出現「撞牆」跡象，身後卻傳來了一把熟識的男聲，是Tommy呀！由於大家的上線時間不同，Tommy比我們遲半小時上線，但他「勁跑」19公里狂追，這刻跟我們會合了，Tommy的歸隊激勵到我已「撞牆」的身體跑多1公里，但之後已感到無法發揮力量來跑完全馬，腳步越跑越收窄，越跑越做不到抬腿和

摺腳,慢了很多,心中湧起了無法在限時前到達終點的憂慮,難道夢想無法成真了嗎?剛才Chris變了一對鞋給我,現在他又再「出招」,他在背脊推我跑!有他推我,我當然不用費力就可以向前跑,只是辛苦了他,回港後才知道他因此令膝關節受了傷!

好不容易跑到29公里,賽道兩旁市民組成的啦啦隊仍然不缺席,氣氛好得不得了,打氣牌除了花師奶寫中文字外,全部是英文的,這時我耳朵傳來廣東歌,聽到 Beyond 的「海闊天空」,精神為之一振!Chris也見到中文字寫着「香港加油!」每段路都有熱情的觀眾打氣,跑得慢真的自覺失禮,尤其大家見到領跑員和我之間的領跑繩,知道我是視障跑手,特別多人為我們打氣!也因為這是我最後一場「六大」,所以背脊有一塊「6星布」,跑過的跑手也會高興地打氣就:「6 star hurry up!」

看似遙不可及的「六大馬」,
只要堅持不停步,就會跑到終點!

可惜6星跑手有心乏力，到30公里我只能急步行，Tommy在這關鍵時刻「出絕招」——他居然預備了一些朋友為我打氣的錄音！一條又一條真心錄制的肺腑之言在空中為我打氣：「Inti好快到終點啦！你就快完成六大啦，堅持住呀！」我含著眼淚向前走，不能辜負大家呀！

急步行到39公里，Chris問我：「最後3公里，不如試下慢跑？」是啊！試試吧！「大笨鐘」就在不遠處等著我！這時，賽道上的跑手已不多了，兩旁的觀眾卻沒有鬆懈，繼續不停為我加油打氣，我終於在這些天使的支持聲中衝過終點了！由衷地感謝每一位，沒有你們，我絕對無法完成這場超出身體負荷的比賽！

這面特別的「雞蛋仔」獎牌，背後盛載著多少人對我的心意與支持？

腦海中無數次想像穿越聖詹武士公園的拱形大門時，自己衝過最後終點的心情會如何感動、雀躍、高昂，但當我終於拿到這面頒給6星跑手的「雞蛋仔」獎牌，等了9年的預設畫面竟然統統沒有，只是和悅地過渡了這一刻！反思9年的歷練都以平常心看待，一句「賽翁失馬，焉之非福」正好用來形容我。

跑在黑暗找到光

跑到非洲 "救盲"去

　　跑完「六大馬」，衝過了追夢的終點，我還會繼續跑嗎？當然會！我還會繼續跑向更多地方，有時還會「跑」出不同意義，例如跑到非洲「救盲」！有一次在「奧比斯」的安排下，我去了埃塞俄比亞跑10公里籌款救盲，籌得的經費將用於預防和治療當地的風土病「沙眼」。我雖然失明，但仍能盡一分力挽救他人的視力呀，同行的活動大使還有梁祖堯。

活動大使梁祖堯很有愛心，更非常親民，不時與當地學童打成一片。

Photo by CK Lee

　　真的是「跑天下，見天下」，原來我對非洲的很多認知都是錯的！首先，非洲沒有我想像中遠，坐直航只需12小時。抵步後迎面而來的是充滿負離子的清新空氣，更清涼得我想立即添衣！這倘旅程我一半時間都在首都亞的斯亞貝巴，這裡是最「城市」的地區，還能在五星級酒店吃自助餐，食物不錯呀！吃的大多是農作物如薯仔和番茄等，但它們咬下去是結實的，好像有「肌

Photo by Dan Vernon

5萬人的「綠海」，遠看相當震撼！

肉」般，是因為這裡陽光充沛嗎？不過品種不多，加工食物等就不多。不過，非洲也有較落後的一面，例如當地的一些廁所，令我感到好像回到80年代鄉下的「茅廁」一樣！而且經常會遇到討錢的小孩，但只要你發揮發心幫助一個小孩，便會呼喚更多的小孩向你湧來。

　　說回這次跑步救盲，不要少看這10公里賽事，有5萬人在同一時間出發，大家都穿上大會提供的綠色「埃塞」隊衣，全場一片綠海，很壯觀吧！不過，非洲的跑步文化有點奇怪，只要你跑得較慢，後面的跑手會覺得你妨礙他，就會伸手推你的背，這是我在其他國家的比賽很少見的。另外埃塞當然不乏頂尖跑手，但原來普羅大眾都「好跑得」，例如一個只是放工後

跑在黑暗找到光

練練跑的職業司機，跑10公里只需25至30分鐘，這成績在香港早已拿到第一名了。不過也不少人「一字排開」地跑，快衝一段又慢起來，整條賽道都非常混亂和危險重重，多謝領跑員Barry Tam細心領跑，跑完這段驚險賽道，我們真正成為「生死之交」了！

比賽以外，此行我最深刻是探訪埃塞的南部小鎮索多，去當地的醫院參觀白內障手術。醫院是一所沒冷氣的平房，一個個不同功能的房間都很簡陋，好像再次回到80年代！團友分批穿上「防護措施」進入手術室，包括重覆使用的帽子和腳套，遇上腳套不夠便用兩個膠袋代替。我自小已無數次進出眼科手術室，心中不禁懷疑，這裡的設備真的能保護病人嗎？

驚險的賽道全靠Barry Tam 細心領跑，順利完成非洲之旅！

Photo by CK Lee

步入連消毒藥水氣味亦欠奉的手術室後，Barry Tam 和梁祖堯為我口述在手術床前的影像，有一位穿西裝和皮鞋的中年男士在手術床上仰臥着，他的白恤衫已變成灰色，西裝外套和西褲亦顯得衣不稱身和破損嚴重，衣衫和皮鞋都滿是破洞，但職員說那名病人已經穿上家中最好的衣裳來到醫院了，表明他非常重視這次手術。我們步出嚴肅的手術室出來，拿出各自事先預備的糖果，派發給沿途的小朋友和候診者，後來我們也重遇了

剛才接受手術的男士，他表示手術成功呀！我們高興地送上糖果，他馬上露出一個燦爛得不得了的笑容！

接下來我們也到過森林，看風化得似千層蛋糕的岩石，各種自由跳躍的動物，鱷魚、長頸鹿、斑馬、火雞等，可惜這裡不是南非，動物的品種不算多。還有牛，牛是沒甚麼特別，但埃塞人民很重視牛隻，牠們是耕田的好幫手，馬路上的車也要敬牛大哥三分，讓路之！

最後不得不提原來埃塞俄比亞是咖啡的發源地！不論我們身處酒店或是普通餐廳，都有新鮮的咖啡味撲面而來，那時我仍未懂何謂精品咖啡，但在6天的咖啡氛圍下，我的心裡種下了一顆咖啡豆，回港後開花，還開出淡淡的愛意！（詳情見「愛情篇」）

一顆咖啡豆種出愛情之花，
24年後仍然開得燦爛。

跑在黑暗找到光

Chapter 03

Inti與寵物犬「Nana」的365日

Nana宣佈榮休了

　　自從遇上最乖最可愛的導盲犬Nana，我早已習慣了用牠的雙眼代替我的，雖然在美國接受訓練時已知道導盲犬也有退休的一天，但未有實際想過太多，那天卻已悄悄步近⋯⋯

　　2018年的氣溫特別高，5月頭已經高達攝氏35度，大家都知道狗狗怕熱不怕冷，Nana亦一樣，當時留意到牠間中會走著走著就停下來不動，但只要多加鼓勵和讚賞，牠也會繼續前行，我心想畢竟天氣太熱，Nana應該是怕熱，想停下來喘喘氣吧？不過，我也將情況向導盲犬導師報告，導師告訴我Nana早有後腿退化的情況，如果Nana真的停下來不動，就要考慮讓牠退休。

　　這情況維持了兩星期左右，有天Nana帶我放工時，真的在前往港鐵站的途中停下來，我激勵和讚賞牠都無效，便出絕招用食物引誘牠，牠走了一兩步又再次停下，我又勉勵又撫摸牠的頭仔，持續了3至4分鐘左右，路人也開始討論著：「點解導盲犬唔行呀？係咪怕熱扭計？」

　　當時我也汗流浹背，但Nana比我更怕熱，令我非常焦慮，不知如何是好？有兩個熱心的途人問我是否需要幫忙，

跑在黑暗找到光

Nana 不只是最乖的導盲犬，更是我出生入死的好姊妹！

我便如實訴苦：「Nana 唔肯行，我都唔知點算？」熱心途人提議幫我截的士，我就馬上帶 Nana 坐的士回家並致電導盲犬導師，導師再次表示 Nana 很大可能真的要退休了，至於牠不願行是否後腿問題導致，就需要再作評估，導師約了我在下一工作天的午膳時間見面。

2018 年 5 月 21 日，Nana 如常帶我上班，但我整個上午都懷著忐忑的心情工作，待會中午的評估不知會怎樣？Nana 真的走不動了嗎？退休後要離開我嗎？擔憂不已！終於熬至中午，Nana 帶我乘升降機到地下大堂，然後從大堂到大門只

有80米路程，Nana卻又不願行了，我出盡方法命令Nana前進，牠仍是行了兩步就停下，導師在遠處觀察了好一會後終於現身，Nana和所有導盲犬一樣，見到導師都是興奮的、雀躍的，可惜我見到導師後卻是像塌了天一樣，導師即時宣佈Nana要退休！

但退休的原因，竟然不是因為年紀太大或者腿退化，反而是Nana自願「提早退休」！導盲犬的工作年期是8至10歲，那時Nana還有一個多月才8歲，剛好提早了一點點退休。後來我帶Nana到骨科醫生作進一步檢查，照了X光及驗血，醫院清楚解釋了Nana的後腿的確存在退化問題，不過目前牠的腳並沒有痛楚，健康也合格，聽到醫生的話我就放心了，Nana健健康康我已心足！

Nana的領路技術遊刃有餘，身體健康仍可繼續工作，但牠選擇「唔撈」我也絕對尊重，不過退休後怎麼辦？我們還能再見面嗎？

Nana宣佈退休的當天下午，我們繼續回公司工作，因為Nana是公司的開心果，大家都相當關心牠！Nana要退休的消息傳出後，同事們紛紛WhatsApp留言支持和安慰我，更有女同事跟我一樣哭成淚人，傷心不已，當中也有幾個故事令我好深刻。

Prudence告訴我，平日她WhatsApp她先生大半天也不回，但當天她一發出Nana退休的消息，先生竟然立即回覆不捨得！

跑在黑暗找到光

唔通我要同 Inti 姐姐分開？

Nana話：

　　Iris亦是淚如雨下，她真的好不捨得Nana呀！其他同事離職她都沒哭！而且當年Nana陪我入職，同事的先生竟然百年一遇地主動提出「接老婆收工」順便見見Nana！

　　至於我本人呢？當然是泣不成聲，整個下午我的聲音都沙啞得沒法接聽電話，整臉又是眼淚又是鼻涕，一盒紙巾也給我用光光，腦海中想着公屋不可以養狗，Nana以後不可以和我繼續生活，牠以後的生活會怎樣？是否要找人收養牠？Nana會否很想念我？我十萬個不捨得呀！

由 "User" 變成 "Master"

自 Nana 宣佈「轉換跑道」的一天起，我幾乎每天都淚灑辦公室，關心 Nana 的同事都不停安慰我，但我很快就發現自己的眼淚是多餘的，原來 2012 年 Nana 移民香港時，房屋署已經獲悉牠是我家的一份子，即使「退休」了，也可以一直和我同住，蒙昧真的讓我白流了很多眼淚！

所以這件令我傷心得如天塌一般的退休事件，結局就是我家中少了一隻「GuideDog」，多了一隻「Pet Dog」，我的身份亦由「User」變成「Master」，以往都是由 Nana 照顧我外出，現在輪到我照顧牠一生了。但身邊親友最關心的，是沒有了。Nana 陪伴，以後我如何上街？

其實我在申請導盲犬之前要做路線測試，即是已證明我有一定的「定向行走」能力，因為導盲犬

當年我初出茅廬導由盲犬學校畢業，現在榮休可以歎世界啦！

Nana話：

跑在黑暗找到光

並非GPS或的士司機呀！視障人士要有能力獨立出行，才能領養導盲犬。

那麼，依靠白手杖和導盲犬，最大的分別在哪裡呢？先說實際操作上，白手杖只能保護到視障人士腰以下的部份，因此視障人士要發揮身體不同感觀去分析周遭環境情況，行走時會比較緊張和集中，速度自然較慢，基本上行20分鐘以上也會較累。相反，導盲犬會為視障人士分析周圍環境，避開所有障礙物，行走時就較放鬆，也行得快了、遠了、安全了，尤其當年輕的導盲犬陪同，速度簡直驚人！

白手杖是死物，不用「吃、睡、拉」，收納亦不怎麼佔地方；但導盲犬是生物，需要花很多時間和心力照顧的，飲食上要留意很多食物狗狗都不能碰，例如巧克力、葡萄等，還有洗耳朵、洗澡和梳毛等日常照料，狗狗生病時要帶牠看醫生、每天抽半小時帶導盲犬 Free-run。

另一方面，白手杖如果壞了，不過是更換零件或是購買一支新的；但導盲犬是要退休的，最多也只能工作約6-8年，那麼導盲犬退休後，是自己繼續照顧狗狗終老，還是交由其他人呢？導盲犬退休的第一領養權是使用者，第二是交由使用者的親友照顧，如兩者都不適合，使用者可交回導盲犬的機構進行公開領養，會徵收領養費港幣 $5,000，詳情請參考香港導盲犬協會網頁。

所以，我覺得視障人士在決定應否領養導盲犬時，應該先考慮清楚狗狗退休後的安排，畢竟導盲犬跟自己每天24小時一起生活，感情真的如家人一樣，到牠退休後自己有無能力照顧？如果沒有，是否捨得分開？特別想提醒大家，導盲犬的醫療基金只限在服役時才發放，退役後全無津貼，而老狗的小病小痛比年輕時更多，想照顧狗狗就要做好心理準備，申請導盲犬前先「停一停，諗一諗」。

至於我自己，當然就不會捨得與Nana分開啦！對我而言，如果在導盲犬退休後就交由別的家庭照顧，這也是「棄養」的一種，我可做不出「用完即棄」！至於日後，我也不打算領養第二隻導盲犬了，因為Nana在我心中是獨一無二的，將來也不會有第二隻導盲犬可以取代牠。所以，就讓Nana安心在家享受退休生活，由我這個「Master」服侍牠到白頭吧！我現在每天都使用白手杖獨立出行，更不時自娛一番：「我用白手杖自己行，唔係同樣有型咩！」

日日有主人服侍，做寵物犬真開心！

Nana話：

跑在黑暗找到光

""星級" 退休生活

　　雖說我是「主人」，但如果大家有養寵物，都應該知道寵物才是家中真正的「主子」吧！Nana退休後，在家中的地位也大躍升，我和Chris凡事都會先考慮Nana的健康與心理。例如Nana剛退休時，我擔心牠不習慣自己留在家中，所以首星期我只回公司工作半天，就趕回家陪伴Nana；當我和Chris要去街，關門前我們都會留心Nana的反應，看看牠想一起去嗎？有否跟着我們出門呢？事實是統統沒有，牠只是眼仔碌碌地目送我們，並無不捨的表現！我的理解是牠已工作多年，現在想「退下火線」好好休息，安在家中享受「me time」！而為了令Nana的退休生活更開心，我和Chris亦為牠的「衣食住行」全面大升級！

雖然我係淑女，但係中性造型都好襯我！

Nana話：

衣 以前我亦會幫Nana打扮，但穿衣很多時只是造型而已，直到牠10歲那年冬天到臨時，我摸摸Nana的腳仔，感到牠四隻腳板都是冷的，是年老了血氣不足吧！從此

冬天我不但會為牠加衣，甚至穿上襪仔和蓋被子保暖！

食 Nana 2至5歲 全是吃乾狗糧，6至8歲時一半是鮮食，8歲退休後全面改為鮮食，以確保營養足夠，不過我的睡眠時間就不太足夠了！

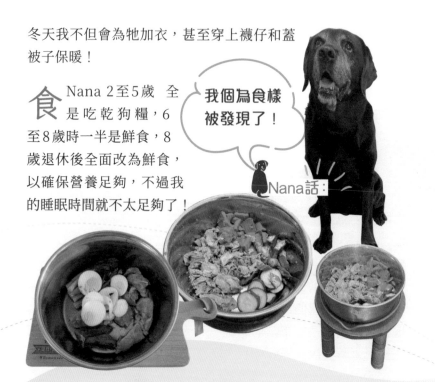

我個為食樣被發現了！

Nana話：

住 年輕的Nana渾身肌肉，尤其是大腿，但往事不堪回首，11歲時大腿肌肉已經流失了很多，我發覺牠在地上爬起來沒以前快、沒以前輕鬆，有時更要用後腿爬多幾下才成功站起。Nana的契媽提議在地磚上鋪地毯，Chris和我持相反意見，他表示贊成，但我有點猶豫，怕鋪地毯好難清潔，但Chris立刻提出解決方法，鋪完全屋地毯後，再買一部蒸氣機來幫忙清洗。我馬上就同意了，反正這由他負責，不用我做，那就由他去吧，也是為了我們的「公主」好！

清潔就交比你哋，我瞓先……

跑在黑暗找到光

行 自從Nana退休，我們很快發現了一個很現實的問題，就是出行的交通。以前Nana是導盲犬，可跟我出入公眾場所和使用公共交通工具，退休後就失去這個權利了。但我們每星期都會過海探媽媽，因為Nana要回去「飲湯食飯」呀！媽媽總會在未下鹽之前盛一碗湯給Nana，她早已視Nana如女兒般看待了！那如何出行呢？最初我們會叫Uber或者截的士，可惜很多司機見到狗都會拒載，怕狗毛弄污車廂，影響給其他乘客的印象，有好多不愉快經驗。於是，Chris提議想買一輛二手日本車，假日就可載Nana到處去，但我反對，香港地買車、養車需要多少支出？但Chris的見解是一來街車不夠自己的車乾淨，二來被拒上車的經驗絕不好受，又不是Nana錯，不想牠受委屈！結果，當然是我被說服了！

遊山玩水我最叻！

Nana話：

"最乖汪星人" Nana

　　大家平時在街上見到導盲犬，都會覺得牠們好乖、好聰明，但牠們正在認真工作中呀！那牠們「下班」之後，行為又和寵物犬有沒有分別呢？以Nana為例，其實未退休的Nana下班後，牠貪玩、為食、八卦的程度跟寵物犬一模一樣！但是，當牠行差踏錯的時候很容易改正，因為導盲犬的服從性比寵物犬高，牠們都特別溫純、不咬人、很少吠和愛人類。

　　Nana有多乖？各位「汪星人」的主子都會知道，為狗狗洗耳朵和刷牙是多麼大的挑戰，Nana也不例外，但當我一邊刷一邊使勁讚牠「Good girl」，牠就算是一千個不願意，也會乖乖被我刷得牙齒發亮。不過，「Nana最乖」可不是我「賣花讚花」，而是好多人對Nana的評價呀！以下分享一些Nana的「最乖威水史」吧！

　　近年很多港人移民，寵物也要跟著主人坐飛機。那大家知不知道導盲犬是如何坐飛機的？導盲犬會跟主人坐客艙，座位就是主人腳下的地板，但我坐經濟艙，對於一隻4呎長的狗狗來說，空間是非常狹窄的。我按照導盲犬導師吩咐，在上機前只給Nana一半份量的乾狗糧，一半份量的水，讓牠去一次洗手間才上飛機，然後在機上的15.5小時牠就要禁吃。飛機

上的 Nana 比我想像的還冷靜，坐後排的乘客根本懵然不知，原來有隻大狗跟他們在同一機艙！起飛前，機師還親自來問候 Nana，起飛後，空姐也不時前來慰問我們有沒有甚麼需要？我只要求過一次想要水果，因為 Nana 在旅程中飲水有限制，我想給牠濕濕口，但好心的空姐卻送來了好幾次生果，說要給「最乖的乘客」享用！

Nana 退休前，每天都帶我坐港鐵上下班，通常乘客見到 Nana 都會好開心！一次 Nana 正乖乖地伏在我的身旁，以我的鞋當作牠的枕頭，附近有一位小姐很雀躍地跟身邊的朋友說：「隻導盲犬好乖呀！如果佢都伏喺我腳上就好啦！」我聽得出她相當喜歡 Nana，心中也暗想：可惜沒有一個指令是叫 Nana 伏在別人的腳上，如果 Nana 可以近她一點令她開心就好了⋯⋯在我心想的同時，我腳下的 Nana 不知怎地，一吋一吋地逐漸趨近那位小姐，她亢奮地對朋友說：「隻導盲犬越來越近我啦！好近啦！好嘢！」一瞬間，傻豬 Nana 已將頭仔伏在小姐的鞋面，小姐感動死了！她簡直難以置信地問我：「導盲犬係咪聽得明我講嘢？係咪？係咪？」

當Nana帶我上班後，我工作時，牠就在公司「瞓覺又又電」，期間不停有各部門同事探訪和帶旅行手信給牠，手信比我還多！此外，Nana是當時公司主席口中的「最受歡迎員工」之一，公司更創香港先河，發出員工證給Nana！我將此員工證放在「GuideDog Nana專頁」，兩天迅速獲得7,000多個「Like」，更吸引了「東張西望」來公司訪問，導盲犬服務也因公司這樣的友善之舉，而獲得大眾市民關注，Nana要記一功。

Nana 是公司的可愛小員工，有自己的員工證！

即使Nana現在退休成為了「全職寵物犬」，仍然超乖、超聽話，經常有鄰居跟我說：「你養咁大隻狗都唔吠又唔嘈，Nana仲乖過我個仔！」不過，導盲犬跟寵物犬Nana的一點大不同，就是Nana在服役時可以24小時和我一起，作為寵物犬的牠就不能陪我上下班了，更不能去運動場練跑，少了Nana的心靈陪伴，我外出時經常都好掛念家中的牠呀！

跑在黑暗找到光

Nana 自白篇

"將錯就錯"的退休

千呼萬喚，終於輪到我Nana登場！首先就由我親身剖白一下我的「退休之謎」吧！

其實當年我8歲，年紀不是很大，但天氣實在太熱，每天一出街，都好像走在一個蒸爐內，我越行越累，經常心想：「如果可以唔做一陣就好啦！」但我是專業導盲犬，也有用心觀察姐姐，想像她如果沒有我帶着行嗎？整個月的時間我內心都七上八下，真的好熱好熱，好想休息一下呀！但我不懂人類的說話，只好行下停下，來表達我的內心感受。

不過，後來導盲犬導師來為我判案陳詞，她們我都判斷我是腳痛，我在心中呼冤：「我唔係呀！」後來Inti姐姐帶我去看動物專科骨科醫生，那位「權威」醫生看完我的驗血和X光報告後，宣佈我是後右腿關節退化，但沒有痛的。於是Inti姐姐再問導盲犬導師：「Nana隻腳唔痛，係咪唔使退休住？」不過導師拒絕，說我行下又停下，怕我萬一過馬路時停下會引起危險。

就這樣，其實我本身是想休息下，暫時「唔撈」，只是被導師判我要退休！但反正「唔使做」，我也很樂意退休，每天在家「嘆世界」真爽！Inti姐姐就沒那麼爽了，她足足喊了一星期，

跑在黑暗找到光

好像失戀似的。Chris哥哥也很關心我，馬上在家中裝了鏡頭，觀察我留在家中的情況。

> 我退咗休，唔可以再跟 Inti 姐姐返工啦！

而我身為萬人迷，退休當然不能馬虎啦！於是Inti姐姐為我舉辦了8歲生日會，同場亦是我一生狗一次的「榮休大典」！所有愛我的朋友全部到齊，契媽、契姐和男朋友們都有出席，Inti姐姐說共有50人到場。我知道自己是主角，當然招呼週到，整晚換了3個造型好像穿花蝴蝶般飛來飛去迎賓！

典禮現場是party room，還有舞台讓大家「唱K」和講講感受，Inti姐姐話我係佢出生入死的好姐妹，但我退休之後，佢都會堅強，用白手杖自己行，慢慢習慣一個人！我一邊聽都想哭呀，我好想同Inti姐姐講，其實我都好想一世做你眼睛、保護你、陪伴你；不過由我一出世受訓2年，然後工作6年，話咁快已經8歲喇，我都想做返自己，享受狗生，做你隻Pet dog！（後來發現退休有更多美食，證明我無揀錯！）

我的契媽也有講感受，話我為Office帶來生氣，又讚我工作時好專業，就算脫下導盲鞍都又乖又乾淨，只係有時太「為食」，大家都不捨得我退休，當然啦！我是公司最受歡迎的員

工，服役時公司也送上寵物現金券給我做生日禮物，同事們當然也送了好多玩具和零食給我，我還咬着它們繞場一周來示威！我也不捨得大家呀，我身為導盲犬的前半狗生真幸福，又靚又乖又多人讚，真的多謝大家厚愛！不過 Inti 姐姐話我退休後，大家一樣可以來探我，陪我去 Free-run，當然我最想大家探我時帶同零食啦！

又有新玩具，等我繞場一周威下先！

於是我就順利榮休，留在家中「嘆世界」，不過「嘆世界」久了也會悶，我是一隻活潑的狗狗呀！過了那年盛夏，我已好想返工，見到 Inti 姐姐開門也會跟上去，卻只換來一句：「Nana，你乖乖哋，我去返工，你唔出得去呀！」但我的不開心只維持了很短的時間，因為之後 Chris 哥哥為我買了私家車，可以遊車河四處去，我又開心起來了！車車還有個響亮的大名，叫「Nana's Car」（Nana 號）！

跑在黑暗找到光

"命中著定"選中我

　　人有不同性格，我們導盲犬也一樣，Inti姐姐和我都覺得大家是「絕配」，當初我們是怎樣相遇的呢？我第一次見到Inti姐姐，是在我土生土長的美國導盲犬學校「The Guiding Eyes for the Blind」，第一印象是覺得她好弱小⋯⋯而且跟我平時見到的人的頭髮顏色不同、語言不同，但很奇怪地，我見到她就好興奮、好興奮！當年2歲的我四頭肌好有力，立刻站起身體撲到Inti姐姐的胸前（我站起來跟她差不多高），差點把她嚇壞，後來Inti姐姐說導盲犬在她心中不是這樣「crazy」的！

　　我好想Inti姐姐選中我呀！所以我好專心聽導師講，原來將我配對給使用者是有一套程序的，先要了解Inti姐姐的身高、體重和生活習慣，再找一隻條件相約的導盲犬。好啦，資料收集完後到我出場，當Inti姐姐為我套上導盲犬制服「GuideDog Harness」（導盲鞍）後，我表現得很穩定、好聽指令、好專業，將我crazy的一面收起！我腳踏實地、四平八穩地走，帶Inti姐姐安全地繞了學校的操場一圈，試行如此順利，她便又驚又喜的選了我成為拍檔，展開26天的共同訓練。

　　但活潑好動是我的天性，即使每天排滿了緊密的訓練課程，Inti姐姐也說累了，我仍然想玩，「電量」十足又力氣十足，當年我有28公斤，每當我太興奮時就會拉動了只有47公

斤的Inti姐姐，她控制我時好吃力。Inti姐姐說我太貪玩了，就算她是長跑運動員，也覺得難以駕馭我，差點就考慮換另一隻狗狗了！有一次，我真的「闖禍」了，我太愛大自然，好想在大草地上痛快奔跑，太過興奮差點把Inti姐姐拉跌，Inti姐姐還說我「屢勸不改」，氣得哭了，我也垂下頭，默默向Inti姐姐道歉，我知錯啦，以後會乖乖改過。

其實我也知道Inti姐姐好愛我、遷就我，因為她沒有換狗啊！她包融了我，給予我機會。我是雙面性格的狗，工作時我專業得不得了，但脫下制服的我愛玩又好奇，每每見到有人或動物在我附近，我都好想和他們打成一片，好像全世界也是我朋友一樣。但我這種性格，有時在「便便」時就會出問題了！導盲犬去「便便」時是自由時間，制服「GuideDog Harness」會被使用者脫下，然後使用者會繼續拿着我們頸部的狗帶，將狗帶放長，再給予一聲口號：「Get busy！」我們聽到口號就會立刻嗅嗅地

The person named and pictured here is a graduate of **Guiding Eyes for the Blind**, a certified Guide Dog Training School, and is protected by the laws of this State affecting Guide Dog Users.

Nana話：
我同 Inti 姐姐順利完成 26 天訓練，取得畢業證！

下，尋找「便便的靈感」，通常5分鐘內會辦完大或小事。但好奇的我上廁所時，如果見到附近有一隻貓或者鹿，我的眼睛就會盯着牠們，我真的好喜歡所有動物，好想和牠們玩，於是就這樣站着不動，「便便」也久久不能成事！不過由於香港地少人多，我還要學習另一種上廁所方法，就是使用「Toilet Harness」，有一條帶箍着我的pat pat，然後有個膠袋剛好掛

跑在黑暗找到光

上我的尾巴，我「便便」後不論大小都只會跌落膠袋中，但就是因為我很不習慣被繩子綁着 pat pat 呀！所以，我採取極不合作的態度，務求擺脫這條繩，我也知道那時是大熱天時，辛苦 Inti 姐姐了！

當時我們還會被學校安排外出訓練，以適應在不同天氣和場合下工作，試過下午要要上街訓練，地面經過近攝氏 40 度高溫照射了半天，如果我沒有穿上狗狗專用的鞋，腳掌就會被燙傷，但習慣自由的我只喜歡穿令我自豪的工作制服，而那條「Toilet Harness」繩和鞋我就最討厭！Inti 姐姐為我穿鞋時要和我「鬥智鬥力」，剛穿好我又會設法脫掉，加上我也懂得以「黑面」來表達不合作的態度！Inti 姐姐也知道穿鞋

事實證明，我同 Inti 姐姐係絕配！

Nana 話：

是為了保護我的腳掌，但見到我極不情願，她為顧及我的感受而向導師提出反對，結果被導師警告！

雖然我很「刁蠻」，但在這 26 天訓練中，Inti 姐姐一直都觀察着我的表現，將我的長處看得比貪玩重，也欣賞我的工作表現，相信我會變得更好，而我以上的惡行亦慢慢被導師矯正，導師還教了 Inti 姐姐一招半式來收服我，後來我都漸漸學乖，減少挑戰 Inti 姐姐。結果我就順利行畢業禮，跟 Inti 姐姐移民香港了！移民後我對 Inti 姐姐也有好多「貼心」行為，最終更由「最貪玩」狗狗變為她口中的「最乖」狗狗！

肥娜、瘦娜、傅美娜

　　大家都知道我叫Nana，但其實Nana不是我的本名，我本來叫「China」，是由我在美國的導盲犬學校「The Guiding Eyes for the Blind」改的。因為每間導盲犬學校都有一本族譜，不論美國或其他國家，族譜都以英文排列，即由A排到Z，無限輪迴。每一胎導盲犬出生，學校都會看看族譜排到哪一個英文字母，來替導盲犬命名。到我2010年7月12日出生時，族譜排到C，我就被取名為——「China」，意思可以解作「中國」或「陶瓷」。順帶一提，在我下一胎出世的導盲犬就排到D，於是我一隻同父異母的導盲犬妹妹就叫「Deana」，牠和我同期受訓，也一起被挑選來港工作，現在牠也是退休人士了！

有相為證，我出身紐約，原名China！

　　那為何我會由「China」變成「Nana」？就是因為如果我叫「China」實在太偉大了，「Nana」就親切、可愛、易記得多，更符合我的活潑形象。

跑在黑暗找到光

Nana
自白篇

在我跟Inti姐姐移民後，不知不覺還多了一堆「花名」，大家又覺得哪一個最適合我呢？

傅美娜 ♥

　　話說Inti姐姐曾經去非洲埃塞俄比亞跑步「救盲」，在一輛吉普車上，團友Ida問：「Nana來到香港，有無改返個中文名呢？」Inti姐姐覺得都好，但改甚麼名呢？然後Ida說：「Nana由美國來的，就叫美娜，當然跟Inti姓傅，就叫傅美娜啦！」

肥娜／瘦娜／周瘦娜

　　以前我跟Inti姐姐返工，同事都好關心我，經常獎勵我很好零食，於是有人叫我「肥娜」。但有一天，又有同事對姐姐說我好像瘦了，叫我「瘦娜」，Inti姐姐幽默地回應：「係呀！瘦娜姓周」！

Nana 豬

　　也是Inti姐姐的舊同事改的，好簡單，每隻毛孩都喜歡「訓同食」，跟豬一樣，叫我「Nana豬」何其親切。

寶珠姐

　　Inti姐姐對我好到不得了，有天她抱着我不放，我差點窒息，說我是她的心肝寶貝，如珠如寶，原來「寶珠」這個名字是如此情深義厚！

杞子小姐

　　是否好似日本名呢？但背後的故事就慘了，話說我從10歲後，身體間中會長出幾粒「大孖瘡」，但有一粒特別奇怪，長在我耳朵下，凸出來像顆杞子，有天發炎了，這次嚇死Chris哥哥和Inti姐姐，以為是甚麼不良腫瘤！Chris哥哥馬上帶我去看醫生，但一次看不好，再看第二次，醫生用線給我在「杞子」的底部紮了起來，說7-10天「杞子」就會脫落，不過最後我的「杞子」搞了20天才能脫掉，再不脫掉我差點就要毀容了！

> 當年我真係BB，但而家十幾歲，Inti姐姐都仲叫我BB！

BB

　　我已經13歲，但Inti姐姐仍然叫我做「BB」，其實由最初在導盲犬學校，她就問准了導師叫我做BB，我在她心中真的長唔大！

戽被娜

　　冬天Inti姐姐怕我凍，睡前常常好心幫我蓋被子，但我經常一轉身，被子就不翼而飛，所以Inti姐姐話：「你唔好叫傅美娜，應該叫戽被娜！」

> 我明明係淑女，做乜改我花名叫肥娜！

Nana
自白篇

青春 " 搞事 " 日誌

　　Inti 姐姐說我除了有領路功能,更有「心靈陪伴」的作用,當然啦!天性好動的我是她的「開心果」,等我講一些「搞笑威水史」給大家聽!

最「強力」鬧鐘

　　我初出茅廬正式成為導盲犬移民到香港時才剛滿2歲,正是充滿活力、好奇、特別貪玩的年紀,每天醒來總是開心得不得了,搖着強而有力的尾巴在家中來回跑幾轉。認真工作的我,知道每天是要帶 Inti 姐姐上班的!見她早上7點仍未起床的話,我就會用我的「搞笑」招式把她吵醒──我知道 Inti 姐姐睡在床舖的裡面,就悄悄從床腳走近裡面位置,用我濕潤的鼻子掀起她腳上的被子,然後用我更濕潤的舌頭舔舔她的腳板底!這招萬試萬靈,Inti 姐姐必定被我的「突襲」嚇醒尖叫,「Nana 鬧鐘計劃」成功以後,我便更猛烈地搖著尾巴逃之夭夭!

對垃圾桶無抵抗力

　　之前在美國訓練期間,Inti 姐姐已經知道我的最大缺點是太貪玩,其實我亦好「為食」呀!貪吃到甚麼程度?我曾被《鏗鏘

集》拍到偷吃「蠔豉」的一幕，更不幸被稱「蠔豉狗」！不過「黑歷史」的播出是2013年1月的後話，訓練時Inti姐姐當然未知我如此貪吃，直到走進學校為我們安排的房間，Inti姐姐覺得很奇怪，為何垃圾桶是放在桌子上的？導師告訴她是為了防止我在垃圾桶內搜索食物！搜索就是拉布拉多犬的天性嘛，我們是搜索犬，而我最愛吃，嗅覺靈敏的我當然不會放過垃圾桶內的食物！

　　話說當我和Inti姐姐在「康宏金融集團」工作時（我是有員工證的最受歡迎同事），同事有1,000人，大家都知我特別為食，竟然為了防止我「偷食」，將全樓層的垃圾桶都無蓋轉為有蓋！但我當然不會就此放棄啦，於是嘗試好像掀起Inti姐姐的被子一樣把桶蓋掀起，慘遭桶蓋夾着我的鼻鼻！哎吔！好瘀呀！但不要輕看拉布拉多的智慧，一星期後我已經把那個垃圾桶蓋破解了！觀察入微的我見到當同事把右腳踏在腳踏上，垃圾桶蓋就會彈起，於是看準下午大家忙於工作的時候，無聲無息地走到垃圾桶前，把我的一隻腳仔伸到腳踏用力一踩，嘩！垃圾桶的蓋果然彈起來，我不作思考便將頭塞入桶內，卻馬上聽到一聲：「Nana，你喺度做咩呀？」事敗的我立即逃離現場！

秒速扮瞓「詐唔知」

　　除了垃圾桶，公司仲有好多地方可以「搵食」！有一次Inti姐姐和同事圍著辦公室的圓桌吃早餐，大家都有說有笑無人會想起我，這時我忽然在地面發現「可疑氣味」，好奇心當然

144
145

跑在黑暗找到光

驅使我去追尋味道來源啦！我悄悄走入另一部門，可疑氣味越來越近，然後我眼睛閃閃的看到了目標！地面上放著一位同事「充滿氣味」的手袋，我立即用鼻鼻打開袋口，原來裡面有一個「吞拿魚包」！我把這「氣味來源」吞進口中，正呀！原來人類的食物和我平時吃的不同，好濃味，好好食呀！

當我還在回味之際，Inti 姐姐已經發現我不在自己的大床上，很快其他同事就找到我了，手袋的主人 Brenda 說：「我要嚟做下午茶的吞拿魚包唔見咗，得返個空膠袋喺地！」所有同事都望著我，我見東窗事發，只好當無事發生，「施施然」走回大床。同事向 Inti 姐姐通風報訊：「Nana 個衰妹又搵佢最鍾意嗰隻『狼』公仔遮住自己！」哎呀！咁尷尬就唔好揭穿我啦！

> 我瞓著咗，咩都唔關我事！

我不怕馬騮

Chris 哥哥和 Inti 姐姐經常帶我行石梨貝水塘，因為有石級和崎嶇不平的山路，可訓練我的身體協調和平衡。大家都知石梨貝水塘好多馬騮，那些馬騮完全不怕人，怕不怕狗呢？答案是一半一半啦！其實所有動物都怕體型大過自己的動物，所以差不多所有馬騮見到我都會自動疏散，不過有一隻例外！有隻馬騮特別惡，我稱牠為「紅 pat pat」，每次見到我都會咆哮，嚇得 Inti 姐姐花容失色。這時 Chris 哥哥就會威風地將手中的行山杖在地上打幾下，「紅 pat pat」即時被震懾，不敢再哼一聲。天生膽大的我根本不怕「紅 pat pat」，但 Inti 姐姐好緊張怕我受傷，她說我太純品！我係純又唔係鈍，唔好驚啦！每次

游泳健將
是我！

去完水塘暢泳，回家後Chris
哥哥都要花好多時間為我洗白
白，因為我身型大！

難忘的「放大假」

　　大家都知道我身為導盲犬
時工作多專業，但和普遍「打工
仔」一樣，我也喜歡「放大假」！我最難忘、最開心的假期就
是跟Inti姐姐到美國跑「六大馬」，因為比賽完後她就會帶我探
Stephen爸爸和John爸爸，還能見到和我一起在寄養家庭長
大的朋友仔Gucci和Cheerio！記得我們還是導盲幼犬時，最
喜歡在下雪的Manhattan中央公園玩雪，秋天則一起在落葉
上做滾地葫蘆，我好想念牠們呀！

　　第一次放假回鄉探親是跟Inti姐姐跑「紐約馬」，我在終
點等Inti姐姐跑完帶我到Stephen爸爸家開慶祝party，等得
好心急！終於到了Stephen爸爸家，他在開放式廚房煮食物，
我興奮地帶領著Gucci和Cheerio在他身邊穿來穿去，希望有
望在地板「尋寶」，將導盲犬不可進入廚房的規矩也打破了。但
順帶一提，這規範並不適用於我的兩位朋友仔，因為牠們早就
「肥佬咗」（Failed）！點解「肥佬」？因為一位不愛工作，訓
練後也不似我願意穿上「導盲鞍」；另一位則無心向上，拒絕受
訓！所以，我不是「認叻」，但像我有7代導盲犬血統又要自願
工作，又要工作出色的導盲犬真是難得的「珍品」！

　　若牠們不是「肥佬」，恐怕大家都忙工作，我第二次「放大

跑在黑暗找到光

假」跟 Inti 姐姐跑「波士頓馬」時也不能重聚了。結果第二次更爽！我們住在 John 爸爸位於新澤西的 Lake house，Inti 姐姐她們在河邊打秋千、聊天和 BBQ，我們 3 隻狗狗則四處玩捉迷藏。而且還去划橡皮艇，幾人幾狗分兩隻大艇和兩隻獨木舟泛舟河上，當時我幾乎想跳進水溫只有攝氏幾度的河中，不過立即傳來 BT 哥哥的一聲「Nana」，我只好扮看風景啦！

慶功 party 第二天，我們還「自駕遊」，從紐約到水牛城吃沒我份的水牛城雞翼！不過比起雞翼，我更期待在「全球七大奇景之一」的尼亞拉瓜大瀑布留下腳印！嘩，用我的大眼睛看過去，大瀑布好像一直看不完，水聲好吵，由上游傾瀉而下的水很宏偉，濺起的水花好像下雨，我很喜歡下雨呀！雨天時我工作也會份外勤快，所以在大瀑布前，率性的我不知多跳脫，開心地彈來彈去，人人都知我是「放大假」的導盲犬了！

之後我們下觀光船去欣賞另一角度的大瀑布時要安檢，我身為導盲犬也要安檢，有位哥哥用一支探測器在我身上掃來掃去，發出「呫呫」聲，我身上有狗帶的金屬扣嘛，當然有「呫呫」聲，我斜睨着那哥哥以示不滿。下船前我們還排隊拿雨衣，一人一件，職員見我可愛，給了我一件紅色的膠雨衣。Inti 姐姐為我穿上後再穿導盲鞍，顯得我有點肥，之後船在大瀑布之中穿梭，船外就像下大雨般，瀑布的水都濺入艙內，令大家不時尖叫，Inti 姐姐的腳和鞋也濕了，矮小的我更首當其衝，但我只覺得很好玩呀！

不過我現在退休了，天天都在「放大假」，「唔使做」之餘還有升級鮮食，更爽！

❝全職❞ 寵物日常

　　年輕的我鬼主意多多，退休後有無「修心養性」呢？等我跟大家分享一下我的「寵物犬」日常！

減少社交應酬

　　我仍然貪玩又貪食，不過學會了享受「me time」，有時做「孤獨精」都不錯！現在我仍維持每天早晚散步，有時在家附近，有時坐「Nana's car」去街街。去街難免會碰見大大小小的狗狗，以前我來者不拒，現在我只喜歡某幾個特定的朋友仔，才會用鼻鼻交換近況。

> 我係淑女，
> 陌生狗狗請唔好
> 隨便掂我。

充分享受美食

　　在吃的方面，退休後我就更有口福啦！改為全面吃鮮食，

跑在黑暗找到光

每天由兩餐變為三餐，以「小食多餐」來幫助消化吸收，並沒有「賺多一餐」呢！即使我睡得正濃，當聽見廚房傳出「呼呼嘭嘭」聲，我就知道就快開餐了！我每餐的餐單都有肉類、蔬菜或瓜、南瓜、蕃薯或小米粥，早餐再有一隻蛋。有些我喜歡吃的肉類，Inti姐姐好像不喜歡，例如鱷魚肉、鹿肉和牛肉，每次烹調她都會掩着鼻鼻，真的用心良苦想我健康呀，所以我每餐都會吃光光（某些我不愛吃的菜除外）。不過，饑腸碌碌的我仍會堅持「瞓多陣」，因為太早到廚房也未有得吃。等聽到打蛋聲時，我才「施施然」起身，走到廚房就差不多開吃，最「慳腳骨力」！

而每星期跟Inti姐姐回媽媽家吃飯時，家人們知道我退休了，都會留好多不加調味的美食給我。除了例牌的「愛心老火湯」，媽媽還會留海參和螺頭給我補身，「大佬」（Inti姐姐的弟弟）每次買海鮮也預我一份，嘩！我最愛吃新鮮蒸好的蝦、蟹、扇貝和大蟶子，不過有次樂極生悲，「大佬」拆了整整一隻蟹給我吃，事後我們一人一狗被Inti姐姐罵得「狗血淋頭」，怕我吃蟹太寒！

「古惑」的我

現時香港正推行十字路口斜行，其實我Nana早在2012年已發明了！我不是老了才想「慳腳骨力」，是我從小就聰明，從前工作時也喜歡「抄捷徑」！話說在家附近有條十字路口，我們要過兩次紅綠燈，有一天我悄悄地引Inti姐姐「一次過斜行」，直接過完兩條馬路當沒事發生，Inti姐姐明白怎麼一回事

後，只好笑着罵我：「Nana你曳曳，下次唔準short cut呀！」

現在退休了我還會不會「出古惑」？現在每天早晚散步時，每次的去程我也走得好慢，人人都以為我「年紀大，機器壞」，有時我更偷懶站着不動，街坊看見都拋下一句：「狗狗真係好老啦」，其實當時我只有9歲！我心中得意洋洋，Chris哥哥和Inti姐姐卻尷尬死了。我是否真的行得慢？當Chris哥哥宣佈回程，我立即「回春」，行快兩步回家吃飯！

最好玩的「門」

我聽Inti姐姐說過一個馬拉松術語叫「撞牆」，好似是不好玩的；我在家中就很喜歡「撞門」，只要門不被鎖上我都可以撞開，這個玩意就很好玩。我有很多很多的玩具，但我覺得最好玩是門！除了「撞門」，第二好玩是「開門」，只要留一絲空隙，我就可以用鼻鼻去開門，初時我發現這個玩意時，Chris哥哥還誤會門是Inti姐姐開的，他怎會知道我咁聰明！但又試過樂極忘形，半夜玩廁所門，想轉身出去時，我長長的身軀卻把門關上了，沒有門隙可以讓我開門啦，我自幼已學習不會吠，唯有睡廁所等天光吧！Inti姐姐起床後找不到我大為緊張，Chris哥哥發現廁所門開不到，淡定地說出真相：「Nana係咪瞓咗喺入面，頂住廁所門呀？」

「妖魔鬼怪」行雷閃電

以前我天不怕地不怕、「紅pat pat」也不怕，行雷閃電有

跑在黑暗找到光

Inti姐姐抱着我不放,街上巨型車經過時的「隆隆聲」也無損我工作質素,但這些是往事了,原來這就是人類常說的「往事不堪回首」!

退休後幾個月,我突然覺得窗外好像有怪獸,外面好吵呀!我氣喘吁吁地在家中來回走來走去,不明所以的Inti姐姐不停問:「Nana你做咩呀?」我也沒理她。天色很暗下着雨更有閃電,明明以前常常也發生的,怎麼現在我會覺得似有怪獸?

Inti姐姐帶我看醫生,醫生說有些狗狗年紀大會懼怕下雨,外界的風吹草動變成妖魔鬼怪聲,但無法解釋成因,也沒根治方法,只給了補充劑我需要時吃。

就這樣,好難受呀!每次「妖魔鬼怪」出現時我也去找Inti姐姐,就算是三更夜半她打着呵欠,也會從被窩中爬出來陪我坐,坐累了便躺下。為方便和我親近些,她寧可睡地板,好讓我們身貼身,希望以滿滿的安全感幫我驅走妖魔,讓我安心入睡。

如果連續兩晚下雨怎辦?那就輪到Chris哥哥睡地板陪我到天亮了,第二天醒來,他們兩個的臉上都掛着大大的黑眼圈,我卻精神得不得了地送他們出門上班去!

導盲犬的「職業病」

我有些行為是屬於導盲犬的習慣,例如上下樓梯時都會站在梯級的邊沿等待主人,見到主人也停步了,我們的頭仔就會

inti & nana

十多年前與十多年後的合照
仍然咁靚，分別只是姊妹情更深！

向上望，望望主人是否準備好起行。在退休的初期我仍保持這個窩心習慣，現在就愈來愈少了，因為我個頭都好她嘛！也有些導盲犬指令我維持至今，例如當 Inti 姐姐叫我「Close」，我就會伏在她兩腳之間（這是導盲犬的國際性訓練方法），現在我陪 Inti 姐姐去街吃飯時也會伏在枱下，餐廳職員看到都會讚我乖，有時更會賺到「獎賞」！。

還有一個我最喜歡的指令，是用來教導盲犬去找到目標的，每當 Inti 姐姐講「Touch」，我的鼻子就會碰一下她的拳頭，這個親切的「Touch」我真的不會遺忘！其實我學了的事就永遠不會忘記，如果我不做，只是我懶惰不想動，但我是接受利誘的，盡情獎勵我吧！

跑在黑暗找到光

我是 "風騷" 萬人迷

雖說我現在喜歡「me time」，但仍然是位萬人迷，大家又來聽聽我的「風騷史」！

去過9個婚禮

連同Inti姐姐與Chris哥哥的婚禮我一共參加了9次婚禮，而每次除了一對新人，我都是婚禮上最多人要求合照的一個，好忙呀！又要起身又要坐低，又要望鏡頭擺pose。不過這些場合我也喜歡去的，地上軟綿綿的地毯好舒服，酒店地方又大又乾淨，食物也香噴噴的，「聞下當食咗」都好！不過當年我還年輕，香港認識導盲犬的人不多呀，即使新人已事先通知場地我的「大駕光臨」，但經常去到酒店都會有一班「黑西裝」跟著我，有時也會上前查問我的證件，我都習以為常了。

> 每次去到婚禮
> 都要不停影相，
> 我同新人一樣
> 咁忙呀！
>
> Nana話：

4 個男朋友

為何我會有
這麼多男朋友？
除了我比較
花心以外，
他們身上也有
我喜歡的優點，所
以我會主動上前跟他們打招呼，
熟了便主動撩他們玩，給他們

我淨係
企喺度已經
有好多掌聲啦！

「Big kiss」。通常他們都是我從
前日見夜見的同事，不過保留些神秘感，只跟大家介紹其中兩位。

第一個男朋友是Tommy，他的優點是有愛心、好笑容、有車車，最重要是我 feel 到他好愛狗狗，在我非執勤時常常摸我，嘻！我也是一隻普通的毛孩，喜歡身體接觸的。他在未見到我真身之前，已經從媒體認識我了，並透過香港導盲犬協會買了一個印有我嘜頭和名字的電話套！Tommy真的日日掛住我，有時放工他會和Inti姐姐去跑步訓練，如果時間配合他總會開車接我們，很多時做義工探訪也是由他車出車入，我就可以偷懶一會了！Inti姐姐去跑波士頓馬拉松時，這位男朋友更和我一起外遊拍拖，嘻嘻！

另一位男友是Leo哥哥，他也是我的舊同事，而且坐得很近，真是「近水樓台先得娜」！他工作疲勞時就會走到我的床前摸摸我的頭，和我談幾句狗話，又會陪我去沙灘玩水，最

跑在黑暗找到光

特別的是他會彈結他。記得有次我們還一起上台表演，Leo 哥哥彈結他，Inti 姐姐唱歌，而我就負責推高收視率，所以無論他們的演出是否有水準，都會有好多掌聲。

3 個契媽、N 個契姐

但不要誤會，我可不是只得異性緣，我的契媽、契姐比男朋友還要多！

1 號契媽會在我生日給我紅包和合桃零食，日常會自製花花、心心燕麥小餅乾給我，她說市面上的零食有防腐劑無益。以前 1 號契媽跟我們的公司只是對面街之隔，她就用 15 分鐘把午餐狼吞虎嚥，剩下的 45 分鐘午飯時間就陪我去狗公園玩，讓我伸展筋骨。

話說我和 Inti 姐姐轉職到「康宏」工作，就是 2 號契媽介紹的，也因為她在公司會議將我介紹給全體同事認識，一時我就成為了公司的寵兒。2 號契媽對我的衣食住行照顧週到，下雨天她會送我雨衣和送風筒給我吹乾毛毛，以免我着涼，零食和骨頭源源不絕，記得我 6 歲生日時，她送上一條寫有「Happy Birthday」的 1 呎長的骨骨給我啃個夠。

> 咁大條骨骨，有排食啦！

成班契媽、契姐
都咁錫我！

Nana話：

　　3號契媽也是好得不得了，年紀大的我多了小毛病，3號契媽知道我退休後就沒有導盲犬醫療基金津貼，Inti姐姐一定好吃力，於是主動向Inti姐姐提出要收我做契女，為我支付醫藥和保健費用，還細心安排我每個月做物理治療和針灸，買保健品給我吃！原來3號契媽還有做動物義工，救了不少少貓狗呢！

　　至於契姐實在太多，我只說說其中一位，這位1號契姐是第一位煮鮮食給我的人，她是Inti姐姐的跑步朋友，以前每星期都有兩晚我們會在運動場見面，帶鮮食給我！每次Inti姐姐離港跑馬拉松，我就會到這班契媽、契姐家「短期渡假」，她們就會「煮餐好」給我，我吃過草飼牛、三文魚等美食。

跑在黑暗找到光

明星狗 " 威水史 "

　　我的私生活多姿多采，人見人愛，但我還有不少狗生「威水史」，除了我和Inti姐姐的故事被改編搬上電視和舞台，我自己亦經常「出鏡」，又試過親身「踩台板」演出，絕對是一隻明星狗狗呀！

「狗狗界」KOL

　　我是名副其實的「萬人迷」，我的Facebook專頁真的有過萬fans的！我是「第一代」導盲犬，當時香港只有3隻導盲犬，大家當然對我很有興趣，想看看我的生活日常啦，於是Inti姐姐就為我開了「GuideDog Nana」專頁。

　　做KOL爽不爽？很多fans喜歡看我的「食相」，所以Inti姐姐經常拍攝我吃飯，有時還會「開Live」，分享如何製作我的鮮食，但過程中不時「Cut！停機」，又要「相機食先」，美食當前好難忍呀！不過我這位專業KOL當然是忍得到，最「爽」是這些fans除了「Like」和讚我吃得有儀態，更會留comment叫Inti姐姐獎勵我「加餸」，認真「啱聽」！

　　但我可不止飲飲食食，曾經也是「新聞人物」，有一次我帶Inti姐姐去紅館看容祖兒演唱會，巴士司機卻拒絕讓我上車，

這宗新聞一出，很多人都為我抱不平，到我的專頁留言支持，證明我在宣傳導盲犬上是很有用的，是真正的「Key Opinion Leader」！

伊館登台

退休前的我不止工作專業，工餘時都好樂意幫忙推廣導盲犬服務，無論講座、訪問，甚至上台表演也會讓大家見到我專業的一面。除了和Inti姐姐及男朋友Leo哥哥的城大演出，我在7歲時還在伊館有一場更大型表演，有好多明星唱歌呀！我最記得有一位側田哥哥，他好受歡迎的，彩排時所有人都會放下手上工作，衝到台前聽他表演，連Inti姐姐也拉醒熟睡中的我去聽歌！

到我彩排時，鋒頭同樣不得了，大家同樣衝過來圍觀，因為我是第一隻上舞台的導盲犬呀，導盲犬協會也特別派出導師來指導我。今次Inti姐姐不唱歌了，我也不單是上台「呃Like」，而是我們一人一狗來合作演出。舞台的地面是由LED特製的，我負責帶Inti姐姐上台，並在台上「打燈」，打出一條發光的路。這段表演不是太長，我只要帶Inti姐姐由台的右邊走到左邊，中途Inti姐姐會在拐彎處做戲，等她講完台詞，我便可帶她轉彎後步入後台收工。但是這場表演我都好緊張！狗狗很怕強光的，地面的LED燈太亮了，我要好努力克服，又這麼多人望著我，我都會害羞的！第一次彩排我就緊張得出錯了，在轉彎處直行入後台，忘記了要轉彎！不過工作人員沒怪我，只是叫Inti姐姐如果到正式演出時我也出錯，就按我的路

跑在黑暗找到光

線行下去不要停，後來第二次彩排我還是錯！

　　大家猜猜到正式演出時，我會否繼續錯下去？當我帶Inti姐姐去到拐彎處，她淡淡定講對白，我就在台上四圍望，當天的觀眾好「大陣仗」呀！我見到Inti姐姐的朋友，導盲犬協會也有幾隻師弟、師妹來捧我場，再望望面前，我面前的觀眾竟然是特首！嘩，我一定要做好這場表演給大家看，忽然腦內「叮」了一聲，我知道要帶Inti姐姐轉彎！但這時Inti姐姐的麥克風卻突然沒了聲音，怎麼辦？幸好2秒後麥克風又回復正常了，Inti姐姐馬上「執生」，我也趕緊學她「執生」，帶她「轉個靚彎」回後台。回到後台，所有工作人員馬上高呼：「Nana好嘢！Nana你好叻呀！你今次唔晒無行錯！」

　　大家不停摸我、拍我頭仔、讚個不停……我幾乎被支持我的Fans吵死了，我知我叻啦，但大家先讓一讓路，等我去拿回我的「演員費」，叫Inti姐姐給我「加餸」。又一次證明「我呢啲咁靚又咁叻嘅導盲犬，真係工作時工作，享樂時享樂！」。

咁多人睇住，我要同Inti姐姐一齊做好呢個Show！

Nana話：

度身訂造「女神晚裝」

　　Inti姐姐有一位「女神級」好朋友叫杏兒姐姐，但這位女神沒有架子，對我和Inti姐姐都很好。有一次Inti姐姐接到電話，「快活谷獅子會」通知她奪得了一個「人生女主角獎」，通知她到Grand Hyatt酒店領獎，而服裝要求當然是晚裝啦！當我還在想要著甚麼「靚衫」好，杏兒姐姐已知道了Inti姐姐獲獎，立即邀請我們到她開的婚紗店挑選晚裝赴會。

　　我步入婚紗店時，見到杏兒姐姐時正專注公事，當她知道我們來了就立即放下工作，親切地問Inti姐姐：「晚裝鍾意甜美定型格風？」我心想可能型格風比較襯活潑好動的我，不過Inti姐姐好像未有想過襯我，她回答：「甜美風好似襯啲」。

　　然後杏兒姐姐便拿出了幾件閃亮閃亮的晚裝，讓Inti姐姐從中挑選，最後Inti姐姐選了一件橙粉色，有一層層波浪和少量珍珠點綴的露肩晚

著起「女神晚裝」，
同Inti姐姐一齊做女神！

Nana話：

跑在黑暗找到光

裝。我一邊幻想Inti姐姐穿上晚裝的模樣,又想像如果是由我穿上,會否很有「女神」的感覺?因為我的fans經常留言說我是女神!

當我正低頭沉迷於「女神晚裝」的幻想,忽然聽到杏兒姐姐跟設計師Kev哥哥講:「不如用Inti件晚裝的同一款布料,做一件比Nana。」嘩!我有沒有聽錯,為我度身訂造專屬晚裝呀!那我就可以和Inti姐姐一人一狗一樣晚裝,一齊做「女神」!好呀!好呀!杏兒姐姐我送十個big kiss給你呀!

最後證明Inti姐姐的選擇是正確的,雖然各種風格的衣服我都「carry到」,但果然甜美風才最襯甜美的我!以前我去酒店參加婚宴,常常被「黑西裝」截停;當晚我穿上「女神晚裝」化身狗狗女神,當然暢通無阻啦,我一於抬頭挺胸,大大步行入Ball room!

《人生白手杖》

我狗生中的另外兩件「威水史」,就是Inti姐姐和我的故事被改編上銀幕。《陪著你走》Inti姐姐已經講過了,我就講多少少關於《人生白手杖》這齣舞台劇吧!我是舞台劇的主線,即是「女一」,不過當時11歲的我不用演出,而是由人類演員來扮我,好搞笑呀!

Inti姐姐負責做顧問,舞台劇原來不簡單,要選角、舞台設計、服裝、彩排,好多工作的!但編劇、導演、監製和台前幕後也很投入和專業,演出時我就在後台留心聽聽觀眾的反

有我壓軸登場，大家係咪好驚喜呢！

Nana話：

Photo by 荃青劇藝社

應，有時他們笑得「咔咔」聲，有時又有好多「攞紙巾」聲，可能好感動吧！雖然我不用演「自己」，但也要「踩台板」綵排數次，我好認真的！，因為完場後，Chris哥哥要拖著我和Inti姐姐出場做「彩蛋」。嘩！現場觀眾好驚喜呀，大家都估不到看完「演員」扮的我和Inti姐姐，竟然還有「真人真狗」上台，Inti姐姐講了一篇好長的獨白，我就負責搞笑吧，於是用鼻鼻挑Inti姐姐的裙，引得台下哈哈笑，最後我為Inti姐姐送上一個Kiss謝幕，計劃大成功，果然獲得如雷的掌聲！我有這麼多「舞台經驗」，做戲當然「有番咁上下」！

舞台劇公演了6場，雖然已閉幕，但後來被剪輯成精華片段，Inti姐姐和「跑在黑暗」團隊到學校做生命分享時，也會播放給學生看，傳承正能量。Inti姐姐有信念，我都有！由紐約橫跨半個地球移民香港，被選中的不是其他導盲犬同學仔（當時我在美國有200個同學仔），偏偏是我Nana，就由我來好好教育一下香港人，讓大家認識我們導盲犬的專業！

跑在黑暗找到光

遇見導盲犬的禮儀「三不一問」

「不拒絕」：視障人士帶同導盲犬，可出入任何公眾場所，包括食肆和公共交通工具，不要拒絕我們進入呀！

「不騷擾」：不要以任何聲音、手勢、撫摸干擾工作中的導盲犬。

「不餵食」：食物是狗狗最大的引誘，切勿餵飼工作中的導盲犬，以免令我們工作分心和身體不適。

「一問」：觀察到視障人士有需要，不妨主動詢問有甚麼可以幫忙？想認識可愛的導盲犬，如見時機適合時也可以問問使用者！

　　我真是退而不休呀，Inti 姐姐和我的人生將會繼續精彩，譬如今次出書後，估計我還會更忙，要做簽書會、Fans 見面會啦，到時歡迎大家來索取我的「親筆腳印仔」！

我在終點守候你

　　我和Inti姐姐的感情是沒話說的，我知道她有多愛我，這次不如說說我對Chris哥哥的印象吧！我在2012年7月30日跟Inti姐姐第一次來到香港，當晚Chris哥哥帶著叮叮婆婆來接我們，給我的第一印象已不錯，他還按照導盲犬導師指示，把幾顆零食放在掌心請我食，更加加分！

　　後來Chris哥哥有很多好表現，值得我叫Inti姐姐嫁他為終身伴侶！來到香港，我最不習慣的是潮濕的天氣，真的好熱呀！但我好少飲水，於是Chris哥哥跑了幾條街去買無糖豆漿，加在水中引我喝水。陰天時，他會提Inti姐姐帶雨衣給我，下雨天會親自用吹風機把我濕碌碌的毛吹乾，見最近Inti姐姐忙於寫書，極少下廚的他也為了我而學煮鮮食。他不像Inti姐姐般常常和我說話，但對我的無微不至我是感受到的。

　　Chris哥哥跑得很快，但我年輕時跑得更快呢！通常我放假的日子，他們只要不用練跑，就會帶我去「Free-run」，因為Inti姐姐知道跑步可以讓我舒展筋骨和減壓，人和狗工作都有壓力呀！我最喜歡彭福公園和數碼港的綠油油大草地，我2-3歲時，頸上的「Leach」還未鬆開，我便躍躍欲試的望向大草地希望展示美妙跑姿，Inti姐姐說拉我拉得手也痛！這時，就會換成Chris哥哥拉我，他才夠力控制我的「crazy」行為。

Nana
自白篇

帶我去街時，Chris哥哥經常「耷低頭」，因為要看緊我，怕我在地上「亂執嘢食」而中毒身亡！我有時都會聽到他叫Inti姐姐幫他「按摩條頸」，但我真的好喜歡聞地上的花花草草！

狗狗其實好簡單，不要求物質（當然有多些食物就更好），只要主人陪伴就是最佳禮物，Chris哥哥真的花好多時間陪伴我呀！為了讓我在退休後也保持體能，他連難得的星期日放假也會犧牲睡眠時間，清晨5點帶我去行山，因為我怕熱，太陽出來就很易中暑。

> 我最愛在草地 free-run！

我最親密的家人還有叮叮婆婆，牠是我的長輩呀！我初來到Inti姐姐家時，牠已經11歲，在狗狗的世界中地盤觀念很強烈，但叮叮性格溫純，很接納我加入成為家庭的一份子！我也好專敬牠老人家的，可是牠有時都會倚老賣老，例如我正睡得香甜之際，牠會叫醒我要求睡我的大床，我只

> 我大隻過叮叮咁多，佢張床仔好細呀！

好可憐兮兮地睡牠的小床，那張床大概只夠放我的屁股！

但回憶總是開心的，我們也有溫馨時刻，在冬天比較冷的日子裡，叮叮怕凍喜歡黏着我睡，有時我們背對背睡，Inti 姐姐說：「你哋卷埋個身一齊瞓，一黑一白好似太極圖！」有時牠又喜歡睡在我的肚腩，Inti 姐姐見到我們如膠似漆都好安慰！

叮叮婆婆已經先走一步，到「終點」等我們了，有一天我亦會到「終點」等 Inti 姐姐。不過，現在我退休後，見到 Inti 姐姐一樣能獨立上班，Chris 哥哥也一樣照顧家庭，所以我沒有甚麼掛慮，相信到時只是記掛人間美食！

跑在黑暗找到光

Chapter 04

「愛情」
讓路上有光

幻想愛情夢

終於來到本書壓軸的「愛情篇」，相信大家都對我和Chris的「愛情長跑」十分期待！但未認識Chris之前，我又有些甚麼愛情故事呢？

中三時，我被老師叫去參加學校舞台劇，試鏡時有一幕要掌摑對手，但我完全沒有演戲經驗不懂就力，結果被對手投訴我用力過度！當時有一位中二的師弟極力為護我，也給予安慰說話，之後有時放學後排練至天都黑了，師弟也會步行送我回家，這大概一個港鐵站的路程顯得特別短，路上我們好像總有講不完的話題！但我的學校在西營盤，師弟住屯門，他回家比我遠得多，所以我亦試過叫他不用送我回家了，他只說「順路啫」，當局者迷的我不明所以，後來一位女同學提醒了我：「有人暗戀你喎！」

我還收過他為我親手做的生日禮物，一個「Forever Friends」小鐵盒放了許多心心摺紙，再藏着一個「Forever Friends」金色鎖匙扣，收到禮物時只覺得很有心思，卻沒有想過這是愛情！

中學的我戴著大近視眼鏡一個個圈，毫無自信，所以也沒有拍拖，只是敢偷偷的暗戀大兩年級的師兄，青春就是那麼可愛，你暗戀我，我暗戀他！

跑在黑暗找到光

友情如點點星光

　　我在踏入社會工作後才認識 Chris，但慶幸在未遇上愛情之前，我的人生中每個階段都有很多愛我、支持我的朋友、老師、教練，在這條愈來愈暗的路上，友情就如點點星光，讓我依稀見到光明，我才能更堅壯、堅強地走下去，感激你們在我生命中出現！

那些年的恩師和同學仔

　　中一時同學仔淑文與我一起愛上中文科，寫作這粒種子才會開花，當時的我真是意想不到將來會有首本書出現。2013年書展，我有一個小型簽書會，有很多人到場支持我，但怎也想不到，最後一位來到我面前簽書的竟是中學老師 Miss Ritchie。

　　Miss Ritchie 說在報紙訪問中看到我出書的消息，於是特地來買書和見見我，她更攜同一本校刊，揭到最後幾頁，引導我的食指指向最後第五行，仔細地告訴我：「傅提芬，你個名喺呢度！」這頁記載的是母校第一屆畢業生的名字，我是創校第一年入讀的首批學生，而 Miss Ritchie 和前文提過的鍾校長則是初執教鞭便教我，想來也是特別的緣份。Miss Ritchie 教音樂科，但我肯定不是音樂科的高才生。萬萬沒想過畢業了許多年後，仍有老師記得我的名字，更親自來到簽書會，立時我感動得嗚咽起來。

永遠盛放的「四朵金花」

「四朵金花」由 Polly、Nikita、Maggie 和 Inti 組成，前3位都是小美人，Polly 和 Nikita 更像明星鄭秀文和王菲，而我則是醜小鴨，但這無損我們的友誼。那些年的我們，中三一起參加美術學會的幹事會，每人都有「一官半職」；中四一起參加最「hea」的橋牌學會；生日在卡拉 OK「爭咪」唱歌。

身為美術學會副會長的我，做手工當然「好拿手」，曾親自包了一束花送給 Polly 慶生，用了哪種主花呢？好像是白玫瑰吧？投身社會後我們更一起去泰國渡假，一起穿三點式泳衣在沙灘拍照，最搞笑是我以為相機壞了拍不成，原來只是無電，結果沒有相片供大家欣賞了！我做眼睛手術的那幾年，也是 Polly 經常陪伴我，給予打氣，我倆不時結伴行街買靚衫，她時裝品味高，我不少襯衫心得也是從她身上「偷師」。

現時我們四朵金花已各有自己幸福的小家庭，間中幾家人一同聚會回味「那些年」，這四朵友情之花，相信沒有凋謝的一天！

「四朵金花」
都是小美人！

跑在黑暗找到光

助我跨越視力轉捩點的將軍

李醫生和莊醫生是我的「將軍」，在我16歲後的青光眼手術和後期視網膜脫落手術負責操刀，是見證我幾次視力生死關頭的重要人物。他們原本都是瑪麗醫院的眼科醫生，後來改為私人執業，外闖後還請我回去他們的私家診所為我免費治療，手術也免收醫生費，又教給我媽媽正確的醫學指引。否則她早就賣樓帶我去美國醫眼了，後果只會是落得白費金錢。在我視力轉差，以至宣告失明的人生轉捩點，若沒有這兩位醫生的愛心與專業指引，相信我需要更長時間才能勇敢振作吧！謝謝兩位仁心仁術的好醫生廿多年來的關顧！

無所畏懼的視力「敢死隊」

失去視力固然可怕，但走在黑暗的並不止我，有一班同樣為視力抗戰的「敢死隊」是我的好榜樣，他們勇於步入社會，積極面對人生。我廿多歲弱視時，曾看到一位花甲有多的視障人士龍叔，他學習復康技能後，獨自從葵芳家乘港鐵到石硤尾找同伴飲茶。他啟發了當時年輕的我，失去視力也可以無所畏懼向前走，使我也決心要做好自己本份，成為別人的榜樣。

最「近」的領跑員

在未結婚以前，最「近」我的領跑員不是 Chris，而是住在與我相隔一條街的小碧。她是中學老師，跑全馬卻輕而易舉，絕對是渣馬的「萬金小姐」（女士以3:30時間之內跑畢全馬可

獲1萬獎金），我在她身上學習到很多跑步技巧。她更不時邊跑邊談正面人生觀，「跑天下，見天下」這佳句就是我們跑步中想出來的！感謝小碧贈我這好句，又騰出很多寶貴時間陪我練長課（一次約3至5小時）！

教出彩虹的萬能教練

前文提過林威強教練好像有「魔術棒」，已點醒了我這塊頑石，他甚至比我的父母更清楚我的潛能，當我懷疑自己的能力，他卻相信我可以，慢慢我愈來愈信賴林Sir，做任何大決定前，我定會「求神問卜」一樣問問他意見。

當年我打算停薪留職一個月赴美進行導盲犬配對及共同訓練，但想到香港仍無人認識導盲犬，牠是否真的能陪我四處坐車、上餐廳、去跑步？猶豫不決的時間，最好當然是問林Sir：「將會有好多挑戰，點算？我去唔去美國好？」

如果當時林Sir勸我不要去，大概我就會放棄，不會與Nana相遇了！但林Sir的回答是：「得嘅，總要有第一個人帶導盲犬入社會，你試下先啦！當年你都話自己跑唔到！」。

唯獨有一件大事我沒有問林Sir，就是結婚，但他是健體會總教練，每次比賽也安排Chris領我跑，慢慢領跑繩就變成了我們的紅線。是否我就算不「求神問卜」，林Sir也在默默地指引著我，作我的明燈呢？

跑在黑暗找到光

陪我跑一生的 "專屬領跑員"

　　2024年2月8日是Chris和我相識24週年紀念日，原來不知不覺，大家已經一起跑了24年。當年我仍有視力，第一天上班，經理介紹了很多同事給我認識，Chris也是其中之一，我最初對他沒甚麼印象，後來慢慢了解，自自然然走近成為情侶，沒有甚麼「追」我的場景發生。

　　大家拍拖的首年聖誕節，Chris聽我說過小時候媽媽不許養寵物，竟然未有跟我商量就買了北京狗女叮叮給我，是我最難忘的一份禮物！情人節他也會預訂浪漫的情人餐，生日帶我到日本旅行，是一位稱職的男友。有男友對自己像個公主的生活是美好的，當年24歲的我已萌生結婚、生子、買樓安居樂業的念頭，可惜事與願違，右眼早已失明，餘下的左眼亦步入嚴重弱視，於是主動辭退客戶服務主任工作，終日在家問：「點解？」無論多稱職的男友，我自己看不見將來，都不想連累對方，便向他拋下一句：「我哋無將來，分手啦！」

　　世界真的有紅線，將兩個人連在一起的嗎？我不知道，但有一條領跑繩，確實將Chris和Inti再次連結了！健視的他跑得比我快，我體力不繼時，他會領著我慢慢跑，但我們性格上的「一快一慢」卻是相反的！

2002年一個下午，我在銅鑼灣遇上交通意外，一輛綠色小巴輾過我的左腿腳踝，幸而立刻送院，照過X光顯示骨裂，醫生說會自然瘉合，可是打石膏後坐一個月輪椅在所難免。急症室姑娘打電話通知Chris，叫他到醫院看我，在急症室等候的我又急又痛，當然想見到親人。但等了3小時後Chris才漫不經心地出現，我不禁心有不滿問他：「你坐咩車來？等你好耐！」

　　這24年來他做事「啖啖定」，而我喜歡爽快俐落；他喜歡每件事都「死線」前才做完，我會提早完成。性格有異但互相包融，就繼續一快一慢，互相扶持跑下去吧！

轉眼 24 年過去，這年的情人節依然是二人共同渡過。

跑在黑暗找到光

對等的愛情

　　人生中有兩個階段我很自卑，由小時候「大近視」，到踏入社會後「完全失明」，我的自信亦隨著視力而漸漸消逝。我明白社會看不起失明人士，今後的生活將無可避免地遭受或多或少的歧視，但這些都不是切膚之痛。連親戚也看不起自己，爸爸見到我受辱而心痛我，才是我真正的「錐心之痛」！

　　知道自己快將失明時，我也看不起自己，覺得自己會連累別人，所以一聲「分手」便將「他」趕走。我常常記著那個願意在SOGO門外彎身為我穿鞋帶的「他」，也很快就發現，他沒有一走了之，仍經常在我身邊守護著，直到我「起跑」，他便常常為我「領跑」。當時的我，不知道這份守護是否就是愛情？如果是，我就不能放棄自己，我要把自己做好，才能成為一個值得別人愛的人，「他」看到我的成長，自會將未知是否愛情的一步行近！

　　為了爸媽，也為了「他」，我決定發奮圖強，絕對不可以讓他家人覺得無視力的人，就等於無工作、無貢獻，無前途可言；我不希望這份愛情會令他遭受家人的壓力，甚至出言相勸阻止我們結婚；我希望有一天我們能在家人的祝福下，自豪地簽下婚書！

　　「要努力成為正常人」的聲音日夜在我耳邊迴盪，眼前甚至難以判別光暗的我能做甚麼？勤學科技輔助自己的生活吧，由

用發聲計數機計數，到學懂操作電腦計數；要「入得廚房」，先學蒸蛋糕，再學芝士蛋糕；初時常常蒸排骨，到燒叉燒、乳鴿；突破自己，成為更好的「我」，從不運動，到完成全馬；害羞怕事，到勇於成為第一代導盲犬使用者；就算跑得慢，但我總算是一步步在前進，不斷拉近我和「他」之間的距離吧？

直到一天，我終於肯定了自己的價值，確信我是值得被愛的，而且我也有愛人、照顧人的能力，我決定重新接受這領跑繩另一端的愛情，我們復合了！我知道這次「他」拖著我手，只會為我而驕傲！

24載轉眼過去，年青的他已變成中年，我2023年9月做完「大手術」不便蹲下，彎身為我穿鞋帶的仍是「他」。每當我緊握領跑繩，Chris總會執起另一端，邁出熟悉的步伐陪著我跑，相信這條領跑繩所連繫的，正是一份「對等的愛情」吧！

Photo by Nike

一條領跑繩再次連繫了 Chris 與 Inti，
印證著這份對等的愛情！

跑在黑暗找到光

"看得見"的愛

　　我和Chris已經相識24年了，24年情是怎樣的？還需要每天將愛掛在口邊嗎？其實這份愛情、感情已經融入日常生活的細節中了！我看不見世界，卻「看」得見Chris對我和Nana無私的愛。

> 我無得飲咖啡，就幫手做住狗店長先啦！

　　Chris素來愛狗，他對叮叮年老時的那種無微不至的護理，令我非常感動，他對Nana亦是一樣，由Nana年青時到現在老年也貫徹始終，表現出養動物是一生一世，不離不棄的精神。

　　我在「馬拉松篇」提到，「六大馬」的其中三場美國賽，我都順道帶Nana回鄉探親，說得好像很簡單，但其實背後的操作十分繁瑣，動物出境要經漁濃處處理很多文件，又要預早幾個月去獸醫診所抽血做測試，臨上機還要再次見醫生取得健康證明，Chris毫無怨言地無數次奔波「漁農處」及獸醫診所，目的只是為了讓Nana可以一起去旅行，全家一起陪我追夢。

就例如我的第一場「紐約馬」吧！當年是 2014 年 10 月底，距離出發飛往紐約的前幾天，因為根據規定，Nana 的健康報告需在上飛機前的 72 小時內做，所以當天我如常上班，中午 Chris 來接 Nana 到獸醫診所。但 Chris 人還未到便緊張地致電我，說現在路面交通癱瘓，的士難求，但他又不能帶 Nana 坐港鐵，怎麼辦？

大家可能不知道，其實導盲犬只可陪同使用者上交通工具，因為 Chris 不是使用者，而健視人士是不能就這樣帶着導盲犬上車的，除非那是培訓中的導盲犬，會穿上一件背心，上面寫着「導盲犬訓練中」（GuideDog in training），由寄養家庭帶導盲幼犬進行「社會化訓練」便可。

而我知道 Chris 性格老實、害羞、內斂，也不喜歡挑戰，如非迫在眉睫他絕不會「犯規」地帶 Nana 上港鐵，但當時的情況實在不由得他們截的士，就算同事有車願意載 Nana 一程，路面癱瘓也無法開車！我只好將 Nana 的工作證塞給 Chris，希望萬一港鐵職員查問他也能應對。Chris 帶着 Nana 離開後，我耳朵聽着客戶的查詢，心裡不停想像他們是否順利？

兩個多小時度日如年，之後他倆終於平安地帶着健康報告回來了！Nana 更蹦蹦跳跳，好像告訴我這趟旅程很好玩似的，我摸摸牠的頭仔讚牠：「乖！」對於此行有無受阻，Chris 並沒有多說，但我心中卻是滿滿的感動，因為我知道愛一個人不一定要口中說愛，若見到對方為了自己而改變、而突破，願意做某些平常不會做的事，這份愛更高尚，不是嗎？

跑在黑暗找到光

再分享一件事吧！「馬拉松篇」提到我跑到咖啡豆發原地埃塞俄比亞「救盲」，此行還令我愛上了手沖咖啡！我不單愛品嚐咖啡，更想試試自己沖咖啡，但失去視力的我能做到嗎？

一天領跑員小碧陪我去練跑後，提着手沖咖啡的用品到我家，說要教我玩「單品咖啡」，她教我試着量咖啡豆放進手動磨豆器內，將咖啡豆研磨成粉後放到濾杯中（事先已放入濾紙），再將手沖壺中攝氏85至95度的沸水以打圈的方式分3段注入。磨粉的步驟不算難，但之後要將手沖壺幼細的水柱以打圈方式注入直徑9.5厘米的濾杯中，這就很難了！經常對不到焦，將水圈打得過大溢出濾杯外，Chris不喝咖啡，只在旁看著我們沖咖啡，甚麼也沒有說。

幾天後，Chris忽然把一個紙盒交到我手中，我開了盒一摸，「嘩！」的一聲叫了出來！盒中是一個台灣手沖壺，而且是有隔熱的壺，因為他怕我眼睛看不到，很容易摸到不銹鋼壺身燙傷手！這不是愛的表現是甚麼？收到這份「玩具」，我就可以安心地「練功」沖咖啡了！練了4年，身手已經不錯，基本上每次也能萃取咖啡豆明亮的楓糖、芒果、堅果、可可等風味（視乎豆的產地），我最愛埃賽、肯亞（這些都是馬拉松頂尖的國家，份外親切）和哥倫比亞豆，喜歡它的甜香，酸中帶甘。而我常用的豆水比例是1:14至1:16，視乎豆的特性和個人喜好。

但提提大家，咖啡或奶茶這些咖啡因飲品都不宜分享給貓狗，我試過不小心掉了咖啡豆在地上，我聽到Nana在咀嚼些甚麼硬物，牠竟然咬了幾口咖啡口！幸好我發現到並強行張開牠的口把豆挖出，因為萬一吞下肚會影響狗狗的中樞神經系統，過度攝食更會引致死亡，一定要小心呀！

某個早上，我正匆匆忙忙地準備上班，Chris不發一言地走入廚房煲水沖煮，為我端出一杯香濃的手沖咖啡。不喝咖啡的他，是何時學會沖咖啡的呢？我不知道，但他去學沖咖啡的原因，不需言語表達我已全部接收到了！

Photo by Seasons Wong

除了「口中說愛」，藏在日常細節中的愛同樣珍貴。

跑在黑暗找到光

"吃得出"的愛

　　我喜歡用自己煮的食物來傳遞愛，可能是成長環境潛移默化吧！印象中我外公做饅頭很好吃，更有些造成花形，色香味俱全。媽媽的廚藝更是酒家級水準，學生時代的我家中除了家常便飯，還經常出現「愛心」特色美食：各式福建小食、咸水角、蝦餃、燒賣、魚翅……吃過的朋友都說：「仲好食過酒樓，你哋唔使出街食飯啦！」在我眼中，其實饅頭或者不需做成花形，點心亦可以在酒家吃，但家人在製作美食時加入的這些心思，卻是一種愛的表達，是令家庭更添溫暖的秘訣。

　　我4歲初次下廚，有天媽媽病倒在床，我見大人在生病時都會煮粥水，便「有樣學樣」，在四嬸的協助下，順利端出半碗粥水給媽媽。媽媽望著這碗粥水時驚喜萬分，真的藥到病除！我是家中的大家姐，有二妹和小弟，亦自幼培養出「大家姐風範」，媽媽每天清早就去酒樓上班，所以家中的家務和午餐都由我包辦，但家務這些粗重工作我會權力下放，分派弟妹每人一種任務。到媽媽煮晚飯時，我都會在廚房陪着媽媽，並暗中模仿，至現在雖看不見眼前食物，我在廚房仍然似媽媽般手腳俐落，也學她無論如何都要節約用水、用電，因為媽媽那年代最著重「慳家」。

我的第一本書寫了爸爸由病重到離開，十年後的今天我仍然想念他，每次跑馬拉松跑得筋疲力盡，都會跟自己說：「要堅持做好呀！爸爸在天上看着我們！」現在第二本書，輪到寫媽媽了，否則她會說我偏心！媽媽年輕時樣子清秀，爸爸要用「外父政策」才成功抱得美人歸。從前有次朋友Laureen看我的舊相簿，當中是我家人的黑白照，她忽然指著一張相驚訝地說：「呢個係梁詠琪！」我一頭霧水，自己的家庭相簿中怎會出現大明星？一看我立刻笑彎了腰：「呢個係我媽咪喎！」雖然自問外貌沒有遺傳到媽媽的DNA，但大家都說三姐弟當中我的性格最似媽媽，像她一樣做事會「轉彎」、樂觀看世界、她性急我也急（到失明後才學會了放慢）！

這是我媽媽，
不是梁詠琪呀！

跑在黑暗找到光

在我心目中，媽媽可以用「女強人」來形容，在我的記憶裡，爸媽年輕都甚少放假，因為他們放假也會去「秘撈搵錢」養家。80年代，香港人很多工作機會，很多人早晚打兩份工，爸爸也是勤力的一份子，而媽媽就算因工受傷，休息兩天也會硬着頭皮去上班，為了供樓、供養「四大長老」和我們三姐弟，也為了積穀防飢。有次媽媽嚴重工傷，以前的酒樓用炭燒「燒味」，那天媽媽踢到地上一盆燒得火紅的炭，同事即時召喚救護車送院急救。意外發生時爸爸正在上班，便由就讀小學二年級的我當媽媽的「拐杖」，讓她扶着出院。媽媽好堅強，沒怨天尤人，亦甚少喊疼，三天後便一拐一拐地上班去了！媽媽這種面對疾病和苦難的態度是最好的身教，讓我能樂觀面對青光眼以及各種困境，謝謝媽媽帶給我的美好人生！

　　但對於媽媽，我心中仍有一個遺憾，我在25至26歲時一個人搬離了家，當時的視力徘徊在失明與弱視之間，無法出入自如；同年媽媽入院做了一個大手術，出院後要休養一個月，她手術後不宜下床，沒甚麼湯水食療補身，引致她現時的身體落下不少毛病。這點我真的恨自己不爭氣，當年因眼睛不便，不能給媽媽最好的照料，但從小開始我每次入院做眼科手術，媽媽都會一邊上班一邊照顧我！

　　為何當年我會搬離這個溫暖的家？因為我選擇獨立，不想久留在接近茶來張口、飯來張口的舒適區！當時病榻上的嫲嫲嚴厲勸阻，也未能動搖孤身走我路的決心！一個人搬進170呎的小天地，在盲人工廠訓練客戶服務工作，作為學員每天領取那微薄的$132.1港元津貼，每天下班自己煮飯菜，晚餐完畢後包裝明午飯盒，便累得倒頭就睡。失明前我最愛看《大長今》

和《浪漫滿屋》，覺得李英愛好美呀！失明後連這些娛樂也沒有了，每天上下班陪伴我的就是一個飯盒和白手杖，假期則練習中文倉頡提升打字速度，將一個個港鐵站名打出，過着孤獨而自傲的生活。我心中有個願景：只要我能實踐復康技能，最終一定可以公開就業，做個值得人愛的「常人」。

想盡快做個「常人」，是因為在我宣告失明後，爸爸經常埋怨自己，是否他做錯了甚麼，才導致我26歲就看不見？媽媽一直默默照顧和陪伴在旁，但我每次聽見爸爸怪責自己都好心痛，我決定要做好自己、做個「常人」，希望父母能為我驕傲，而不是覺得自己做錯。

所以直到今天，每次取得任何成績，我都第一時間想通知爸媽，想他們感到安慰、寬心。爸爸在11年前離開了，離開的前一個月我在台北獲得視障馬拉松女子組第二名，馬上將獎牌拿給病榻上的爸爸看，他以微弱的聲音問我：「會唔會跑得好辛苦呀？辛苦就唔好跑啦！」病重的他仍然關心着我，他既開心又心疼我！而在爸爸離世前的幾個月，我的首本書上市，以前不歡迎我的親戚都誇獎我「叻」，我知道爸爸已看到我「爭氣」了。但最可惜的，是爸爸很喜歡Nike這個品牌，小時候帶我去買運動服，不懂英文的他總會以「一剔」來形容，相信他從未想過女兒會有一天為「一剔」拍廣告吧！無奈他等不及廣告播出，曾有一次我在石硤尾配水庫練跑，邊跑邊眼泛淚光仰望對天：「老豆，我今次叻啦，我拍咗你鍾意嘅『一剔』廣告！」

媽媽亦是同樣關心我，每次在銀幕見到女兒也會留意，2023年有一集《星期日檔案》講述視障人士的愛情，我特別回家陪她收看，結果媽媽卻忙著接電話，因為朋友都紛紛致電提

她看電視:「你個女上電視呀!」我看不見媽媽的表情,但從她的笑聲,我知道這是一個欣慰的笑容。我們家是傳統福建人,父母甚少高度讚揚子女,小時候我從沒得過獎,失明後媽媽讚我的機會反而多了,每次我得獎,媽媽都會微笑說一句「好叻」。這次出第二本書,媽媽的回應也是「叻啦!叻啦!」雖是含蓄的一句,但我知道媽媽已感受到我的努力和付出。

我喜歡下廚,以美食表達愛意。

　　明白沒法子返回從前,就更加關心媽媽的身體和心靈需要,例如她曾經牙齒不好,等配牙套時咀嚼得很辛苦,說「無咬好食」。當時我正就讀「中醫營養學」,聽到老師說合桃糊好適合老人家吃,便立即下廚試做,媽媽欣賞吃得開心又有營養,幾乎想一次吃光兩天份量!但提提大家,每天攝取硬殼果的份量不宜過多,一隻手拿到的份量就夠了。如果老人家有血糖問題,可以用羅漢果糖代替冰糖,吃得更健康,我家的「老人家」Nana也期待着分一杯羹!特別一提,用合桃、杏仁、腰果等食材煮糖水,需要將其浸水兩小時,尤其北杏,以減少草酸。

"愛"得有營

我在「十年」篇中曾預告,希望將我學到的中醫營養知識分享,讓大家也食得健康、食得更靚,以下就將這份心意送給你!

「地中海飲食法」

首先向大家推介被譽為全球最佳飲食法的「地中海飲食法」,它的優點是低脂,且含豐富奧米加三脂肪酸,研究指有助預防癌症、心臟病、糖尿病、肥胖等多種港人常見疾病。

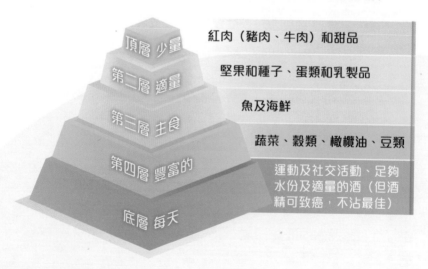

頂層 少量	紅肉(豬肉、牛肉)和甜品
第二層 適量	堅果和種子、蛋類和乳製品
第三層 主食	魚及海鮮
第四層 豐富的	蔬菜、穀類、橄欖油、豆類
底層 每天	運動及社交活動、足夠水份及適量的酒(但酒精可致癌,不沾最佳)

跑在黑暗找到光

最「營」的3餐分配

請根據「皇帝的早餐、大臣的午餐、乞丐的晚餐」這句話來分配你的3餐，即是早餐吃得如皇帝一般豐盛，晚餐則簡簡單單就可以了！但港人都習慣了早餐馬虎了事，晚餐大魚大肉，這其實是不健康的飲食習慣。最好是吃得有節制，每餐七分飽，晚餐五至六分就夠了，也不可以過饑。值得一提的是飲食溫度以接近體溫為佳，會讓胃腸道更舒適。

我曾有1年多因輪班工作而食無定時，結果腸胃受不了，導致十二子腸潰瘍。現時我每天都會吃飽早餐才工作，最有神氣；亦留意到身邊很多習慣不吃早餐的同事，體質都較弱易病，病會令面色難看，就不夠靚！順帶一提，如果想以飲食養生改善體質，不應盲目補充營養，而是要遵循個人、天氣和地理而調節飲食。

簡單又好飲的羅漢果茶

現在疫情已過，但很多新冠康復者都覺得體質不如從前，所以跟大家分享一款港大中醫學院推介的抗疫良方，做法簡單又好味，平常飲用也有潤喉之效。

功　效：清肺化痰、預防呼吸道疾病。
適用者：表現咳嗽、咳痰、咽喉不適、咽乾、呼吸不順

材　料：羅漢果　　　　半個

　　　　無花果　　　　3至5粒

　　　　南北杏　　　　各12克

　　　　雪梨＊連皮　　2個

　　　　橙＊連皮　　　1個

　　　　白蘿蔔＊連皮　半個

　　　　青橄欖＊熱性較重者可加5粒

做　法：1. 所有材料洗淨，羅漢果掰開連皮使用，以上材料用6至8碗水。

　　　　2. 中火煎煮30分鐘。

　　　　3. 當水經常飲用，以上是1至2人份量，每星期2至3次。

　　但留意，凡藥皆有偏性，如不清楚個人體質，記得要在中醫師的指導下服用呀！合理使用中藥為之藥膳，不可過量。

熱毛巾敷出「Bling Bling眼」

　　和大家分享一個超簡單的美顏方法，對眼乾、眼痛、紅眼、「眼屎」多，又或者常看手機電腦引致眼睛疲勞時都可以用。

方　法：拿一條可覆蓋眼睛的小毛巾，用熱水沾濕後敷上眼睛10至20秒即可，敷上即時感到好像有電源把你的頭面脈絡全部駁通，有種說不出的舒暢，人也清新起來！

跑在黑暗找到光

注　　意：水溫不用太熱，毛巾出煙便可，可早晚一次。

真人分享：敷眼本來沒大不了，人人都懂，但未必人人也知道其好處多。舊同事Tracy有天告訴我說她眼紅久久未癒，看過兩位醫生，用眼藥水和藥膏都不行，於是我陪她看李永康醫生（我以前的眼科主診醫生），李醫生用專業的儀器檢查過後，跟Tracy說你的幾支眼藥水全都不用滴，只需要回家熱毛巾敷眼便會好。

Tracy半信半疑，不需用藥只敷眼就會好？結果翌日中午，Tracy就告訴我李醫生的方法很有效，她的眼已不再紅了！我自己也有天天敷眼的好習慣，眼睛更乾淨清新，看起來自然更靚。

菊杞茶飲出「Bling Bling眼」

　　除了熱毛巾敷眼，和大家再分享另一款簡單護眼良方，尤其適合整天坐在辦公室打電腦的你。工作時為了提神，不少人每天都會喝奶茶、咖啡，但這些飲品含咖啡因，有機會影響睡眠，睡眠不足自然亦不夠靚！以下這款菊花杞子茶飲解渴又不含咖啡因，有清肝明目之效，對眼睛乾澀、視力模糊等都有幫助。

功　　效：菊花性微寒，味甘苦，疏散風熱、平肝明目、清熱解毒，適用於肝火旺盛引起的易怒、焦躁。

　　　　　杞子味甘性平，保肝益腎，含有大量的維生素A、

β-胡蘿蔔素以及葉黃素,可預防飛蚊症、白內障和黃斑部病變。

做　　法: 菊花10朵、杞子10至15粒以攝氏80度熱水清洗後,注入300毫升80至90度熱水浸泡10分鐘即可。

小 貼 士: 1. 以攝氏80至90度熱水代替沸水,可令菊花中的活性成份不易流失。

2. 沖茶小技巧,可先在茶壺或杯內放菊杞再注水。

注　　意: 若你脾胃虛寒、便溏(拉肚子)、經痛,喝菊花茶可能會刺激腸胃,如飲用後感覺不適,宜進一步咨詢中醫師意見了解個人體質。

真人分享: 本身確診青光眼的我容易有肝火情況,每每睡眠不足或吃少量薯片就目痛乾澀,日間工作時非常難熬。但自從在office多飲菊杞、減少飲咖啡後,眼痛不知不覺已減少;熱氣時我只加菊花,慢慢連口乾和便秘也改善了。當Nana出現「眼屎」多,我會給牠飲一湯匙菊花茶清熱;而杞子浸泡後可掰開加入正餐中,使狼吞虎嚥的狗狗即使不咀嚼也能吸收到杞子的有效成份,現時13歲的Nana視力仍算不錯!

跑在黑暗找到光

吃太多零食記得「救火」

　　「邪惡」的零食人和寵物都不宜多吃，但有時真的抵受不住誘惑，吃太多引致熱氣，向大家推介以下小妙招：中醫角度講求人體陰陽平衡，當吃了熱性食物，可用寒性食物平衡身體；以我最愛的薯片為例，薯片熱性，吃完薯片可吃一個寒性的雪梨，或是上述的菊花茶，都會有助平衡和「救火」！

吃得「五顏六色」

　　小朋友總是偏吃，或者大朋友不時沒胃口吃，不妨選多種顏色的食物，因為不同顏色的食物在中西營養學都各有理論，支持它們的益處和營養，但就算不說得太深入，單是看到七彩繽紛已夠吸引眼球進食！

Nana話

我每餐鮮食都五顏六色，好好味呀！

"芬享廚房" 愛心食譜

剛才和大家分享了一些營養飲食心得，現在再為大家送上一些人和寵物都適用的「有營」食譜，也包括Nana的鮮食餐單，因為獸醫說只吃乾狗糧不夠營養。如果你家中也有「毛孩」，就跟我一起動動手，入廚傳情達意，即使你平常是「無飯家庭」也不怕，我煮得到，任何人也煮得到！

自家製食療「滴雞精」

做完我在「馬拉松篇」提過的大手術後，親戚都紛紛送上近年流行的「滴雞精」給我補身，後來我靈機一觸，自製會否更純正、更鮮甜？材料可選烏雞，亦可彈性地按當時身體或體質需要，加入藥材或純味。

做　法： 1. 烏雞或白雞洗淨切件抹乾。
2. 將一隻飯碗倒放在燉盅內（如需加入藥材可放碗中）。
3. 將雞件放置燉盅，壓實。
4. 隔水燉4小時。
5. 完成後隔油。

中醫角度宜忌：雞性溫、入脾胃經，具有溫中補氣、補腎作

跑在黑暗找到光

用，適合虛弱體質人士。如有虛熱、濕診、感冒人士
忌用。

小貼士：雞一定要用廚房紙抹乾，避免多餘水份影響雞汁質素。

　　看似複雜的烹煮過程，其實最重要是心機，雞不加水燉煮
4小時，之後隔油即成，1隻雞燉出來只有一小杯（約150毫升，
視乎雞的大小），完成後整屋香氣Nana「最識貨」，牠最愛滴
雞精」，每次也在廚房外守候着，像是催促我「幾時整好可以飲
呀！」滴雞精蛋白質豐富，也適合長跑人士。

芝士蕃茄杯

　　分享一款很健康的小食，特別適合在派對上分享，Nana
10歲的生日會上亦與師弟Quentin一人一杯呢！如果要煮寵物
版，記得雞肉不加調味便可。這食譜的製作方法亦很簡單，如
果沒有下廚經驗，可以像我一樣用「聽聲」和「聞味」，加上皮
膚感覺都煮到！例如怎樣判決雞肉是否已炒熟？首先要熱鑊，
再用手放在鑊上兩三尺高，感覺夠熱便下油，我會用油壺均勻
噴上3至4下，同樣用手感覺下油溫，夠熱便下雞肉。雞肉剛
下鑊時聲音很吵，「吱吱」聲的，當雞肉熟時「吱吱」聲會收細，
傳來很香雞肉味。

材　料：蕃茄4個、雞肉、芝士
　　　　　蕃茄選較大和紅一點的。
　　　　　雞肉可改用吞拿魚罐頭，油浸或鹽水浸均可。

調　味：鹽、黑椒、生粉、麻油（雞肉用）

做　法：1. 炒熟雞肉備用。

2. 蕃茄用匙羹挖空成一個杯狀，小心挖穿。

3. 將炒好的雞肉釀入蕃茄杯中，平頂可以了。

4. 在杯頂鋪上厚厚的芝士粉（或用片裝芝士均可）。

5. 放入焗爐，以200度焗大約20分鐘至芝士變金黃色
即可，因應每個焗爐的熱力調節。

小貼士：1. 如蕃茄杯「企不穩」，可在底部橫切一刀平衡。

2. 蕃茄挖成杯後，緊記清空所有水份，否則蕃茄杯容
易塌下。

3. 釀雞肉時要壓實一點，同樣可令杯身更堅挺。

正呀！最啱同朋
友仔分享！

Nana話：

跑在黑暗找到光

麻婆豆腐飯（寵物版）

Chris 喜歡吃麻婆豆腐，不能吃辣的 Nana 只好望著我們吃得津津有味，於是我想，有無辦法令 Nana 也可以分甘同味呢？後來靈機一觸，將 Nana 的基本營養餐單改良成「寵物版」麻婆豆腐飯。狗狗吃豆腐可以補鈣和蛋白質，可保持肌肉質量，豬肉有鐵質和蛋白質，補中益氣，至於麻婆豆腐的豆瓣醬和炸菜，就改用兩款 super food，蕃茄打爛成醬和秋葵切段代替。將材料蒸熟，做成麻婆豆腐小菜，飯類則用小米代替白米讓 Nana 養脾胃。

狗狗年紀大了會很多病痛，醫療開支可以很大，所以我更注重 Nana 的飲食營養，期望牠身體強健，減少醫療開支亦減少病痛煎熬。Nana 從 2018 年退休後至今已 5 年，身體也算不錯，只是後腿力量不足，但仍然最愛進廚房討吃，更會頑劣地將頭塞進垃圾桶偷雞骨！

導盲犬通常都好乖，但我而家係 Pet dog 啦！

Nana 的營養餐單

近年市面上興起訂購狗狗的鮮食，食物已預先煮好密封冰鮮，送到府上狗狗吃時再加熱享用。但其實自己親手為「主子」煮出有營又好味的鮮食也不難，因為狗狗不需加調味，不講求烹飪技巧，只需一次蒸熟便可。小小的功夫，大大的好處，幫助主子吸收水份，又能吃到無負擔的健康食材、增加食欲，確保吸收充足營養。

正餐（Nana 一天分三餐）

- 蛋白質類45%（每餐選一種）：鴨肉、鵪鶉、鷓鴣、乳鴿、瘦豬肉、牛肉、草飼牛、鱷魚肉、鹿肉、鯖魚、秋刀魚、吞拿魚、比目魚、沙甸魚

你睇食到我哋毛毛立立令！

- 雞蛋每天1至2隻

- 豬肝／豬心每餐適量

- 碳水化合物類30%（每餐選一種）：紅米飯，小米粥、野米、藜麥、薯仔（連皮）、番薯（連皮）、南瓜（連皮）

- 蔬菜類25%（每餐可選多種）：白菜、菜芯、西蘭花、椰菜花、紅蘿蔔粒、雲耳、番薯苗、豆苗、蓮藕、豆角、芥蘭、莧菜、紅菜頭、黑木耳、番茄、燈籠椒、椰菜、鮮淮山、菠菜、節瓜、翠玉瓜、雨衣金藍、紫菜／海帶、百合

營養補充食品

- 魚油丸、葡萄糖安、雲芝、益生菌

- 配搭中醫食療：乾品懷山、杞子、龍眼肉、紅棗、桑甚

- 水果（每日少量）：蘋果、香蕉、無花果、哈蜜瓜、梨、士多啤梨（太甜太酸不宜）

Inti 姐姐食，我就有份食！

跑在黑暗找到光

小貼士：1. 餐單沒有寫份量，因為要視乎每隻狗狗的重量和體質而定，雖說自己煮鮮食狗狗會更健康，還是最好先徵詢獸醫的意見。

2. 體質不同，吃的食物不同，以我照顧Nana的經驗為例，當Nana體熱的時候就不可吃鹿肉、豬肝、紅棗等熱性食物，可觀察狗狗的小便色黃、眼白色紅及狗狗長出豆豆，便是體熱。

3. Nana平日千依百順，但也有揀飲擇食的時候，最不喜歡青椒、羽衣甘藍、青瓜、生菜等，肯定要加肉混在一起才肯吃。但如果混得不夠均勻，「古惑」的Nana會把菜都吃剩，所以對付偏食毛孩的貼士是「搞勻啲」。

有營零食焗合桃

做　法： 街市或藥材店買一斤開邊合桃，焗爐以160度預熱，焗15分鐘（焗爐火力各有差別，可適當調節溫度），焗完後爐蓋保持關閉15分鐘，之後取出待涼後密封。

小貼士： 1. 狗狗食用合桃不加鹽，也可換成腰果或杏仁，製成品可搣碎代替零食，是Nana長期吃的零食，也可作為狗狗做對時的獎賞。

> Inti 姐姐經常同我一齊食焗合桃，不過我食無鹽版！

2. 人類也可當零食，按個人喜好可加少許岩鹽才焗。

3. 人和狗狗如體熱、便溏（拉肚子）都不宜吃。

　　有人會問視障人士如何煮食？開火不怕危險嗎？在此亦分享幾個小心得，下廚新手亦不妨參考！首先，視障人士看不到廚房物品的擺位，同住的家人切忌將調味料調位，鹽和糖放錯位就大件事了！市面上也有方便視障人士的小工具，例如想製作蛋糕或量咖啡豆時不妨用語音電子磅。如果怕危險，可以選用電爐，但其實只要用對方法，明火煮食也可以很安全的，不穿闊袍大袖衣服、束起長髮、穿好圍裙，工作枱先放置好將會使用的用具，自身的企位要對正煮食爐頭，把爐具平衡地放在煤氣爐上，就可以安心地發揮小宇宙，感覺食物在煮食過程中的變化。

陪你跑在
黑暗找到光

好多人都讚我堅強，覺得我面對失明仍能保持樂觀，但我亦是一路跌跌撞撞跑來的，沿途並不平坦，有時亦跑得好辛苦，慶幸的是我從未放棄，咬緊牙關跑下去而已！

還記得做完最後一次眼科手術，出院回家後的第一天，媽媽拖着我從房間走到飯廳吃飯，當時的我不但夾不到菜，簡單得如將飯送到咀裡都會失手，乾脆用一個大湯碗將所有飯菜混在一起吃。吃「大碗飯」是方便照顧者不用多次夾菜給我，自己也較易進食，但吃進口中的是甚麼味道？我面對的是「全黑」，以後的人生會怎樣？記得有幾次邊吃「大碗飯」，一粒一粒珍珠大的眼淚掉進大碗給飯菜調味，更笨拙地吃得滿桌都是飯粒和菜，媽媽看見也不作聲，怕說了我更難過。媽媽的溫柔陪伴，她那番想換一隻眼給我的說話，家庭的溫暖慢慢取代了我的無力感。如果今天我再拿起那「大碗飯」，相信已能帶著微笑，一口一口俐落地把飯吃光吧！

我愛美，也在意自己的形象，拿白手杖上街是好難的心理關口。當我下定決心踏出家門，卻聽到世上最難聽的說話：「比佢支杖打到會衰3年」、「盲咗就唔好出街」。相信聽過這些說話的視障人士絕不止我一個，失明、視障就應該要受人欺侮嗎？聽了這些說話，我不但沒有「唔出街」，更不願見到同路人聽後真的受影響而躲在家，於是執拗地做好自己，決心讓輕視盲人

的人改觀，盲了也能發揮所長，也不代表比健視的人差！一句句難聽的話，都化成信念的種子藏在我心，等待有天開花。

曾傻氣地揚言：「我要做個最靚的盲人！」在失意時裝扮自己，是為了令自己自信起來，盲人也有化妝和髮型班的，在黯然神傷的時候，先借外在美來振作士氣吧！處理好情緒、裝扮了外表、裝備好復康技能，便能重新踏入社會，從此一帆風順嗎？求職時換來一句：「你連份表都填唔到，點做活動助理呢份工？」失明前在電訊公司任職客服主任，失明後委曲申請做活動助理，而社會在2006年仍存在殘疾歧視，不是很諷刺嗎？語言暴力同樣會傷人！同路人的一句「爭氣」，給了我力量支撐下去，未有停步，終於找到工作，至今亦是全職客服主任。視障人士的工作表現如何？希望各位商界老板可參考本書開首我經理Katy寫的推薦序，可能你會發現請一位有能力的、忠誠的視障員工是不錯的選擇。

有了全職工作後，我還有了更多的身份和責任，例如要兼顧「跑在黑暗」的分享和各種義工活動，我是創辦人之一，行政和活動策劃都少不了我的份，放工後經常要開會，週末練跑後也要開會，遇上學校講座旺季，試過9天內做了5場活動，而且還要上班，媽媽見我面容憔悴，都曾勸阻我不要辛苦了，但我的身體再累，心中卻不累呀！一個信念「在黑暗中找到光」讓我堅持下去，希望這個信念也能在學生的心中種下正面積極的種子，學業或生活不順時想想Inti的故事，給他們在低潮時打支強心針！

除了忙「跑在黑暗」的活動，也因練跑而睡得少，有一段時期我密集式訓練，預備參加一場50公里的澳洲黃金海岸「超馬」（全馬42.195公里，超過50公里稱為超馬）。比賽的領跑

跑在黑暗找到光

謝我的爸爸、媽媽，以及每一位家人，讓我能在溫暖以及充滿愛的環境中成長，你們的愛是我跑在黑暗的動力來源！

員是小碧，多謝她請假和自己付費領我跑！捱過了兩個月的高強度訓練，跑完「超馬」回港後，我卻發現自己不熱衷跑步了，穿了跑衣卻不願出門，覺得不開心、不想跑，直接穿著跑衣跳上床熟睡，我還以為自己得了抑鬱症！那次之後不敢過度訓練了，慢慢調節，「跑友」常說的一句「長跑長有」是真的！

　　說到長跑，除了為我帶來一班好隊友，也帶來了愛情。初時 Chris 經常領我跑，被隊友取笑我們「愛情長跑」，實情是我們跑了 3 年後才正式拍拖。Chris 的性格跟我可說是南轅北轍，一快一慢；一個準時，一個總要每次遲到一點點；一個有計劃，一個隨心而行；一個要求高，一個沒所謂；接觸過我的人都會知道我是前者。縱使性格不同，但在 24 年前剛認識他時，談話之中很快已發現彼此的想法和價值觀十分相似，更有默契的是，好多次我話說到一半，他已說出和我想法相同的結尾。但愛情不像童話故事，我們也經歷過拍拖、分手、復合，最後才修成正果，當中的相處大家也要磨合，互相遷就，重要

的同樣是不放棄，堅持一起跑到白頭吧！

旁人看來，我們都是合襯的一對，但我亦偶然會聽到一句對 Chris 的評價：「你先生好偉大」，是因為他娶了殘疾人士好偉大嗎？「偉大」有崇高和犧牲的意思，但能相處融洽廿多年，靠的並不是犧牲，而是互相分擔、互相補位、一起進步。平時 Chris 買菜我煮；他負責帶 Nana 運動，我負責全家的營養飲食；搬新居他看顏色，我設計；凡事有商有量，是一段對等的關係。有時我太忙沒煮晚餐，不懂下廚的 Chris 就乾脆捱餓不吃，他在生活上也有很多需要我照顧的地方！所以無論視力如何，我相信更重要的是做好自己、發揮所長、有所付出，才能經營好一段感情關係。能永遠當公主被照顧，這種愛情大概只會出現在童話故事吧！現實總是有付出才有回報，你不成為值得愛的人，根本沒有人會如此「偉大」去愛你。

大家常讚我樂觀面對人生，或讚我拿到獎牌「好勁」，但我希望大家不止看到我得意的一面，其實我背後無論面對社會、工作、跑步，愛情，全是彎彎曲曲的路，我最希望和大家分享的，是這份只要堅持跑下去，任何困難都始終會跨過的信念，跑在黑暗終會找到光！我可以做到，任何人都可以！香港有第一位盲人完成「六大」，證明了人人也有可以發揮所長的種子，也許你的長處不是跑步，但只要不放棄，你也會在別處開出萬紫千紅的花，你也可以爭氣！

跑在黑暗，看不見前路也許很可怕，如果你未找到願意陪你跑下去的人，就讓我陪你吧！無論遇上任何困難，願你記得黑暗當中有我 Inti，我永遠會陪你跑在黑暗，一起找到光！

跑在黑暗找到光

Photo by Seasons Wong

Inti感謝祭

好不容易譜出第二本書，感謝「天窗」讓我有這個機會，合作非常愉快。十載的光陰，我不是一個人，讓我好好多謝陪我見天下的你、你、和你。

跑天下除了領跑員，背後的行政工作同樣重要；日常工作同事間互相提點；跑在黑暗同伴群策群力，合作伙伴和贊助者的支持；長輩的指導和鞭策。

告訴你，愛，是我起飛的能源，讓我們繼續將愛傳開，為身邊的人送上愛。

家人：天上、人間，所有我的家人，包括叮叮婆婆和Nana

跑在黑暗找到光

老師／教練：Miss Ritchie、林威強、林成業

眼科醫生：李永康、莊志強

聘用我的僱主和信任我的主管：王利民、吳福華、Katy、
Lewis、Peter

跑在黑暗同伴：Tommy、Ricky Lee、Sisi、Jacky、
Henry、Sherming

體育會：香港失明人健體會、赤道體育會、火車站

跑　友：John Lau、BT、Anthony Fung、Barry Tam、
KY、Tracy Ho、Maggie、Sheila、Anky、
Margaret、Ivy、Sharon、Ike、Winnie、KFC、
Josephine、歐醫生、有哥、青、佩欣、小碧、勉、
金耀、小冰

朋　友：Stella、Wendy、Laureen、April、Diana、
Marilyn、Vivian、Bobo、Mable、Anthony
Lee、霞姐、四朵金花、珠珠

攝　影：Sunny、CK Lee、Seasons Wong

插　畫：歐永傑

Nana感謝祭

　　一邊做作者寫書，一邊回顧狗生，發現真的好多人好愛我呀！等我趁這個機會好好多謝大家。

　　美國的學校「The Guiding Eyes for the Blind」教我，寄養家庭John爸爸和Stephen育我，來到香港有「香港導盲犬協會」做我的支援，再得到Inti姐姐和Chris哥哥無微不至的照顧；憑專業認真的工作態度獲得很多讚賞，熱情友善的性格令我贏得好多友誼，退而不休做「KOL」宣傳導盲犬服務愈來愈多fans，我狗生收穫很多呀，感謝每一位愛Nana的你！

家　　人：John 爸爸、Stephen爸爸、媽媽、大佬、Inti姐姐、Chris哥哥

契　　媽：Clara、Sindy、Rosetta

契　　姐：May May、Yenny、Loretta、Cherrie、Abby

男 朋 友：Tommy、Leo哥哥、Jimmy、Gary

寄養家庭：Fianna、Florence、Morris夫婦、Quentin 3位姐姐

跑在黑暗找到光

我們鼓勵及帶領視障運動員以「跑」來克服困難，
踏出世界參加各地的馬拉松，
並在社會宣揚「在黑暗中找到光」的正面訊息。
舉行生命教育講座，讓視障運動員分享克服黑暗的心路歷程，
亦會透過不同體驗班令學員能親身了解及感受。

我們致力到各大中小學校及不同機構進行
生命教育及體驗班繼續堅持我們的理念：

(1)支持視障人士建立自信、
與社區建立聯繫並在不同領域發光發熱。

(2)希望社會大眾能在視障人士的分享及
活動體驗中有所得著及反思並達至社會共融。

生命教育講座內容

- 視障導師將分享他們的生命歷程，
  將正面能量傳達給學生

- 教導學生如何引領視障人士，
  透過「領路法」訓練學生們瞭解如何
  正確協助有需要的人士。

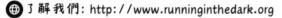

蒙眼視障體驗活動

- 活動內容包括蒙眼進食、跑步、購物、
  上下樓梯等，旨在讓參加者了解在失
  去視力後如何應對和解決日常生活中問題。
- 透過蒙眼體驗，讓學生體會視障人士的生活

🌐 了解我們: http://www.runninginthedark.org

👤 聯絡我們: info@runninginthedark.org

「跑在黑暗」獲稅務局根據 稅務條例(第112章)第88條認可為豁免繳稅的慈善機構。

Inspiration 31

跑在黑暗找到光

作者	傅提芬（Inti）、Nana
內容總監	曾玉英
責任編輯	Alba Wong
書籍設計	Yue Lau
插畫	歐永傑
封面相片攝影	Sunny Leung
部份內文相片攝影	Sunny Leung、CK Lee、Seasons Wong
部份相片提供	iStock

出版	天窗出版社有限公司 Enrich Publishing Ltd.
發行	天窗出版社有限公司 Enrich Publishing Ltd.
	香港九龍觀塘鴻圖道78號17樓A室
電話	(852) 2793 5678
傳真	(852) 2793 5030
網址	www.enrichculture.com
電郵	info@enrichculture.com
出版日期	2024年4月初版

定價	港幣 $138　新台幣 $690
國際書號	978-988-8853-13-7
圖書分類	（1）心靈勵志（2）流行讀物

免責聲明

本書提供一般財務、稅務及法律信息，僅供參考，並不構成對任何人士提供任何稅務、法律、財務意見或任何形式的建議。

儘管我們盡力提供準確，完整，可靠，無錯誤的信息。我們並不會對此等資料的準確性及完整性作出保證、陳述或擔保，及不會對此等資料承擔任何責任。本書所提供的資料、數據可因應情況、各國政策修改而不作另行通知。

無論基於任何原因，本書之部分或全部內容均不得複製或進一步發放予任何人士或實體。

支持環保　此書紙張經無氯漂白及以北歐再生林木纖維製造，並採用環保油墨。